炉边独语

张恨水散文精选

张恨水 著

泰山出版社·济南·

图书在版编目（CIP）数据

张恨水散文精选 / 张恨水著. -- 济南：泰山出版社，2023.11
（炉边独语）
ISBN 978-7-5519-0773-6

Ⅰ. ①张… Ⅱ. ①张… Ⅲ. ①散文集－中国－现代 Ⅳ. ① I266

中国国家版本馆CIP数据核字（2023）第095918号

LUBIAN DUYU　ZHANGHENSHUI SANWEN JINGXUAN
炉边独语： 张恨水散文精选

责任编辑	王艳艳
装帧设计	路渊源

出版发行　泰山出版社
　　　　　社　　址　济南市泺源大街2号　邮编　250014
　　　　　电　　话　综 合 部（0531）82023579　82022566
　　　　　　　　　　出版业务部（0531）82025510　82020455
　　　　　网　　址　www.tscbs.com
　　　　　电子信箱　tscbs@sohu.com
印　　刷　山东通达印刷有限公司
成品尺寸　150 mm×230 mm　16开
印　　张　14.25
字　　数　175千字
版　　次　2023年11月第1版
印　　次　2023年11月第1次印刷
标准书号　ISBN 978-7-5519-0773-6
定　　价　39.00元

凡　例

一、本书收录了作者的散文经典文章或片段节选，主要展现了作者的学术历程、情感操守，以及当时的时代风貌等。

二、将所选文章改为简体横排，以适应当代的阅读习惯。所选文章尽量依照原作，以保持文章的时代韵味，部分内容参照当下最新的整理成果进行了适当修改。

三、所选文章没有标题或者标题重复的，编辑时另行拟加或改拟。

四、对有些当时惯用的文字，如"的""地""得""作""做""哪""那""吧""罢""化钱""记帐"等，仍多遵照旧用。

目录

001　我的三位古人先生

003　我的小说过程

010　我与上饶

012　当年此夜在南京

017　忆萧祠

019　五五早起书怀

021　隔巷卖葡萄声

023　桂窗之忆

025　看灯有味忆儿时

027　我作小孩的时候

031　故乡的小年

033　我家不换春联

034　北京旧书铺

036　西湖园林

038　滕王阁渺不可寻

040　潜岳引见录

045　南泉万象

048　北平情调

050　故乡的四月

055　绿了芭蕉

058　告别重庆

060　上新河躲警报记

063　北平的春天

066　去年今日别巴山

068　五月的北平

072　陶然亭

077　敦煌游记

083　敬以一瓣心香致祭徐君

085　哀刘半农先生

088　卖花生的老苏

090　哀郝耕仁

091　悼林庚白

093　陈独秀自有千秋

094　哀胡抱一先生

095　一段旅途回忆

097　抗战文人素描：老舍

目录

098 清明哭二弟
100 燕居夏亦佳
102 白门之杨柳
105 日暮过秦淮
107 翠拂行人首
109 面水看银河
111 奇趣乃时有
113 翁仲揖驴前
115 归路横星斗
117 秋意侵城北
119 风飘果市香
121 顽萝幽古巷
123 乱苇隐寒塘
125 入雾嗟明主
127 听鸦叹夕阳
129 风檐尝烤肉
132 碗底有沧桑
135 盛会思良友
137 黄花梦旧庐
140 窥窗山是画
143 影树月成图
145 江冷楼前水
147 春生屋角炉

150　年味忆燕都

152　清凉古道

154　冰雪北海

156　市声拾趣

158　短　案

160　涮　溪

161　竹与鸡

162　泥里拔钉

163　野花插瓶

165　珊瑚子

167　断　桥

169　雾之美

170　虫　声

171　秋　萤

172　晚　晴

173　蒲　草

175　鸡鸣声中

176　金银花

177　待漏斋

179　贵　邻

180　贱　邻

181　天河影下

182　劣　琴

目录

183　愚　贩

185　小紫菊

187　猪肝价

189　手　杖

190　余之马褂

192　养　鸡

194　种　菜

196　昼　晦

197　苔前偶忆

199　忍也忍也

201　路旁卖茶人

203　农家两老弟兄

205　吴旅长

207　对照情境

209　冬　晴

210　跳　棋

212　建文峰

213　禾雀与草人

214　斑鸠之猎取

216　忆车水人

我的三位古人先生

我很自知,除了儿时不算,过去的二十余年,我实在没有读什么书。现在能东涂西抹,手糊口吃,我不过是在一些零碎杂书上,消遣时候,偷来的本领。因此,在前清一代,我所得益之处有三个人。一个是金圣叹,一个是袁子才,一个是纳兰性德。

我自十二岁,就跟三家村里先生学五言诗,那先生以试帖为根底,实在让我走入魔道。自读了《随园诗话》,我知道用我的口思作诗,于是我就立了一个标准,口所欲言笔述之,不用那些陈陈相因的话。在二十岁以前,我还不懂填词,不过看过一部《红友词律》罢了,后来会填词的朋友,劝我学稼轩或白石。稼轩的才力,当然是不能学的。白石的词,不知道什么缘故,我只觉他不知所云,揣摸起来,真要头痛。于是我就单留心南唐二主,可是他两人的词太少,学不出什么来。不久,我得纳兰的《饮水词》读了,我才得了合味的东西,作起来,也无格格不入之病了。

最有益于我的,要算金圣叹了。我十岁的时候,就看了《三国演义》《西游记》《封神榜》那些小说,那不过当故事看罢了。十三岁时,我同时读《西厢》《水浒》,看到金圣叹的外书和批评,我才知道这也是好文章,得了许多作文的法子,后来再

看《石头记》《儒林外史》，我就自己能找出书里的好处来。而且我读小说的兴趣，也格外增加。以至于到现在，我居然把这个当饭碗了。

在宗法社会之下，科学盛行的时代，一个亡明的秀才，能够给后人开出金矿来，指示小说是文学。这种眼光、胆略，怎样不令人钦佩？我相信曹雪芹之作《石头记》、吴敬梓之作《儒林外史》，都受有他的影响的。我因为金圣叹原姓张，因之我自名圣叹后人，以示景仰，不过不兴主义的人，都以为我要姓金，我只好取消了！然而我不但作小说，是圣叹给了我那点石成金的指头，就是作散文，也很得外书许多故作波澜的法子。以上是我的实话，有人若说我取法乎中，我也承认"斯下矣"了。

我的小说过程

  我从小就喜欢看小说,喜欢的程度,至于晚上让大人们睡了,偷着起来点灯看。所以我之吃小说饭,似乎是命中注定的了。在我十二岁的时候,我看到金圣叹批的《西厢》,这时,把我读小说的眼光,全副变换了,除了对故事生着兴趣之外,我便慢慢注意到文学结构上去,一直到现在,都是如此的。十四岁的时候,我看过了《水浒》《七侠五义》《七剑十三侠》之后,我常对弟、妹们演讲着,而且他们也很愿听。那时,我白天进学校,晚上在家里和一个老先生学汉文,伴读的有两个兄弟、一个妹妹,还有一个亲戚。设若先生不在家,我便大谈而特谈。不知哪一天,我凭空捏造了一段武侠的故事,说给他们听,他们也听得很有味。于是这一来,把我的胆子培养大了。过了两天,我就把这捏造的故事,扩大起来,编了几回小说。这小说究竟是几多回,是什么名字,我都忘记了,仿佛着曾形容一个十三岁的孩子,能使两柄大锤,有万夫不当之勇。

  上面是我作小说的初期了,照说,我应继续作下去。然而我忽然掉了一个向,玩起词章来。词曲一方面,起先我还弄不来,却一味的致力于诗,在十四至十五六岁之间,我几乎与小说绝了缘。十七岁之时,我无意的买了一本《小说月报》看,看得很有味，把小说的嗜好，又复提起。十八岁的时候，我在苏州读书，曾作两篇短篇小说，投到《小说月报》去。那时，主编的是恽铁樵先生，他接得我的稿子，居然回信赞许了我几句，我简直大喜若狂，逢人便告，以为我居然可以作小说了。这两篇小说，一名《旧新娘》，是文言的；一名《梅花劫》，是白话的。当然幼稚得可怜，谈不上结构了，可是我眼巴巴天天的望《小说月报》发表哩，未免可笑。

　　有了这样一个过程，我作小说的意思，不断的发生。十九、二十岁之间，我因家贫废学，退居安徽故乡。年少的人，总是醉心物质文明的，这时让我住在依山靠水的乡下，日与农夫为伍，我十分的牢骚，终日的疯疯癫癫，作些歪诗。作诗之外，作笔记作小说，不过虽然尽管高兴的向下作，却始终不曾发表过。二十一岁，我重别故乡，在外流浪。二十二岁，我又忽然学理化，补习了一年数学。可是，我过于练习答案，成了吐血症，二次回故乡。当然，这个时候中耗费了些家中的款子（其实虽不过二三百元，然而我家日形中落，已觉不堪了）。乡下人对于我的批评，十分恶劣。同时，婚姻问题又迫得我无可躲避，乡党认为我是个不可教的青年。我伤心极了，终日坐在一间黄泥砖墙的书房里，只是看书作稿。我的木格窗外，有一株极大的桂花树，终年是青的，树下便是一院青苔，绝无人到，因此增长了我不少的文思。在这时，我作了好几部小说，一是章回体的《青衫泪》，体裁大致像《花月痕》，夹着许多词章，但是谈青年失学失业的苦闷，一托之于吟风弄月，并不谈冶游。此外有一篇《紫玉成烟》、一篇《未婚妻》，是文言体，长数千字，朋友看见，曾说不错。又有一篇笔记，叫做《桂窗零草》，朋友也很赞许的。然而除了《紫玉成烟》而外，其余都放在书箱里成了烂纸，未曾进过排字房。

二十四岁我在芜湖一家报馆里当编辑，我曾把《紫玉成烟》发表了。这书一发表，很得一些人谬奖，于是我很高兴，继续着作了一篇白话长篇《南国相思谱》。我在文字的结构上，自始就有点偏重于辞藻，因之那个时候作回目，就力求工整，较之现在，有过之无不及。记得这时，我的思想，完全陶醉在两小无猜、旧式儿女的恋爱中，论起来，十分落伍的了。同时我在上海《民国日报》发表了两篇讽刺小说，有一篇名为《小说迷魂游地府记》，我渐渐的改了作风，归入《儒林外史》一条路了。这一篇小说，曾在《小说之霸王》的单行本里殿后，这大概是我的拙作与世人相见的初程了。

五四风潮后，我读书的兴致又起，我就当了衣服，到北京去投考北大。不料一到北京，就加入了新闻界，使我没有时间读书。在这时，芜湖的报馆要我作了一部《皖江潮》，里面是说一段安徽政潮，充满了讽刺的意味。芜湖人都很高兴的看。我的胆子由此大了，笔路由此熟了，对于社会上的人物，就不时的加以冷静的观察。观察之后，我总是感着不平，心里便想写一部像《儒林外史》《官场现形记》的小说。但是，这两部书，有一种毛病，就是说完了一段又递入一段，完全没有结构。因之，我又想在这种社会长篇的小说里，应该找出一个主人翁出来，再添几个陪客穿插在里面，然后读者可以增加许多玩赏之处。自有了这个意思以后，恰好有朋友找我编副张，并约我作小说，于是第一部最长的小说,《春明外史》,就出现了。

《春明外史》逐日在报上发表,前后登有五年,约一百万字,在我自己的拙作里,算是卖力的了,因此,读者一方面倒也不菲薄它。但是,这书出世以后,却添了一种意外的麻烦,就是读者往往将书中人物,一一索隐起来,当作历史一样来看。其实小说取一点时事作背景,原极寻常。可是这种时事,整个儿搬来,整个儿写上,等于一张报了,有什么意味呢?所以《春明外史》里的事,依然楼阁凭空的多,因为楼阁凭空的多,所以我插进去几个主角来贯穿全局,非常之便利。这种主角出台,我总加倍的烘托,这才把书中一二百人,都写成了附带的东西,使读者不至于感到累赘。把这法子说破,就是用作《红楼梦》的办法,来作《儒林外史》。

在作《春明外史》期间,我的长篇便不断的在报上披露。我自己认为还满意的,就是《天上人间》,这部书原登在北京《晨报》,后来《晨报》停刊,改登《上海画报》,于今还在登着。我写这部书,换了一个办法。用双管齐下法。什么叫双管齐下法?就是同一个时代,写一双极不同的女子,互相反映,连陪客也是这样。可惜《上海画报》是三日刊,全书不容易速完,未免减少一笔呵成的势子。

关于我的作品,上期凡鸟先生已经报告了,我不必一一再举出来,卖弄家私。此外就是我也很喜欢作短篇,若是整理一番,或者可出一本小册子。现在我总报告一下,这几年来,除了我编报时,每日千百字的散文不算,单是小说稿子,字数在五百万以上了。这五百万字,以一元千字计算,我也当有五千元财产。然而我的老友,像凡鸟先生等等,必能保证我到现在为止,还是光蛋一个。而且我不曾有一日狂嫖浪赌,——得着物质上的享受。卖文是这样的劳,又是这样的苦。

然则我烦腻作小说乎?那是不可能的。而且明窗净几,月夕花晨,有时我也感到一种兴趣。不过为了职业关系,无论有趣无趣,我总是要继续的往下作。在这样旦旦而伐之的时候,何日弄得倒了铺底,拿不出货来,我是不敢预言的。因之我为了职业关系,很是惧怕,一方面我对于现代社会,求着新认识;一方面我自己限制一下,无论如何,每日至少看一点钟书。因为这样我学了不少的乖,不断的发现自己的短处。

中国的文学书里,并无小说学,这是大家知道的。我对于外国文,又只懂一点极粗浅的英文,谈不到看书。所以我研究小说,并没有整个儿由小说学的书上得来。虽然近代有小说学的译品,可是还不是供我们的参考,所以我于此点,索兴去看名家译来的小说了。名家小说,给予我印象最大的,第一要算是林琴南先生的译品。虽然他不懂外国文,有时与原本不符,然而他古文描写的力量,是那样干净利落,大可取法的。此外,我欢喜研究戏剧,并且爱看电影。在这上面,描写人物个性的发展,以及全部文字章法的剪裁,我有了莫大的帮助。关于许多暗示的办法,我简直是取法一班名导演。所以一个人,对于一件事能留心细细的观察,就"人尽师也"。

我的书桌上,常有一面镜子的,现在,更悬了一面大镜子在壁上。当我描写一个人,不容易着笔的时候,我便自己对镜子演戏给自己看,往往能解决一个困难问题。老实说,这就是自己导演自己。有时，关于一事一物，不能着笔的时候，我也不怕费事，亲自去考察，纵然不能考察，我必得向知道的，细细打听一番。若是无可考察，无可打听，我宁可藏拙不写了。这或者是我特别向读者讨好的地方。

我从前写小说，大半是只有一点印象然后就信笔所之的向下写。自从去年以来，我改了方针，必得先行布局，全书无论如何跑野马，不出原定的范围。《啼笑因缘》一部书，就是如此的。我的胆子，仿佛现在是越来越小了，或者会令我的作品好一点，或者会斫伤元气一点，那不可知，只好证之将来吧？

谈到《啼笑因缘》，未免令我惶恐万分。我作这书的时候，鉴于《春明外史》《金粉世家》之千头万绪，时时记挂着顾此失彼。因之我作《啼笑因缘》，就少用角儿登场，仍重于情节的变化，自己看来，明明是由博而约了。不料这一部书在南方，居然得许多读者的许可。我这次南来，上至党国名流，下至风尘少女，一见着面，便问《啼笑因缘》，这不能不使我受宠若惊了。其实《啼笑因缘》，究有什么好处，我真不敢说。大概对于全部的构成，以至每人个性的发挥，我都使他有些戏剧化，或者是此点可以见得我卖力吧？可惜许多批评者，都是注重结果何以不团圆，讨论那不相干的事实。至于艺术方面，却没有给我一种指示，这又是使我迷惑的事。我极力在描写上讨好，而书中的事实，倒盖过去了。

在写《啼笑因缘》前后，我也曾作了一部国术小说，说一句笑话，那是反串吧？但是我所写的，并不是侠客嘴里吐出一道红光，乃是洪杨而后，几个散在江湖的豪士。故事也并非完全杜撰，得之于先祖父、先父所口述下来的。说一句惭愧的话，我现在手无缚鸡之力，原来倒是真正的将门之子。这一部书登在北平《新晨报》上，共有十回，只成了一半。因为某种关系，没有作完。可是我所知道的故事，也不过如此，也有点江郎才尽之叹了。

此外，关于我的小说事业，除编撰而外，一年以来，我有点考据迷，得有余暇，常常作一点考证的工夫。起初，我原打算作一部《中国小说史大纲》，后来越考证越发现自己见闻不广，便把大计划打消，改了作《中国小说史料拾零》。最近我又怕人家误会是不成片断的，改名《中国小说新考》。万一这部书能成功，也许对于中国文学门，有点区区的贡献。

野马跑得太远了，可以止住了。最后我要声明一句，我这篇文字，完全为了朋友的关系，不得已，实实在在的报告我的治业经过，以答完凡鸟先生代出的题目。我决不敢自吹自擂，妄出风头，读者能给予我一种教训，我认为是至好的诤友，一律诚意接受。这种文字，本刊当然是乐于披露的，一个人无论做什么事，不怕自吹他的长处，却怕善于改正他的短处，短处岂能自知？这就在乎他人的攻错了。因此，我这篇文字不是自炫，读者一定可以谅解的。

我与上饶

不久以前，战地发表一文，叙恨水与上饶事，误先祖父为先父，颇拟修函剑兄更正，旋以他故，遂忘之，今提笔为战地写稿，又思及之矣。请约略言其事。

先祖父讳上字开，下字甲，随曾国藩作战十余年，得红顶花翎三品衔。顾以非湘人，不得提携，终身坎坷。而公又赋性落落，不奔走王公之门，直到光绪三十年后，其盟兄子爵黄某过赣，见其贫而怜之。为言于督抚，乃一带景德镇保安军，转任广信府参将。时公六十有三矣。予本非长孙，惟随先父讳钰，从先祖宦游，公酷爱之，阅操出巡，骑舆同乘。尝与先祖同乘一肩舆祀关庙，轿前旌旗招展，剑戟罗列，侍卫鸣金呵道，途人鹄立目送之，私语曰："轿中一小儿，张大人孙也，归，先父切谏，谓国家典制，不得为孺子所乱。"黎民肃立致敬，小儿尤无此福。先祖父笑而止之，然出衙仍必携之与俱，改与先父同骑，随之后乘而已。每出郊，常过一横跨河面之浮桥。儿时以浮桥为奇，故上饶之桥于予印象较深也。先父以将门之子，习武，善骑，能持丈八矛，遂有小张飞之号（时先父二十七八岁）。在上饶曾代先祖父出征土匪二次，皆捷。一次受同营招待，率从骑十余下乡观剧，予又与盛会。归已黑夜，途遇大雨。先父攫鞍以长衣覆予，狂驰二十里回署。先祖闻之，大惊，即索视爱孙。见予神色自若，大笑抚予背曰："张某之孙，当无阿斗。"自是爱予更甚，令于署中骑老羊，习弓箭，日以为课。明年，先祖将调河口协镇，未至而卒。先父弃武就文，予亦入蒙学，至今遂成一穷措大，当年豪气，无复存者。真愧对上饶昔日街头观我坐轿父老也。

中国积弱之因，虽其道甚多，而社会重文轻武，乃为主因。百年来，虽将门之子，亦多弃长枪大戟而握毛锥子，可概其余矣。叙予家乘既竟，颇有所感，容他日详言之。

当年此夜在南京

  人生永远是向前的，用不着去回忆，但当前的环境，往往会把过去的事，重复的在脑筋里掀起，下面就是我脑筋里重复掀起的一页。

  一钩新月，斜挂在马路的槐树上，推开窗向楼下看去，水泥路面，像下了一层薄薄的霜。路灯让月色盖住了，没有了每晚夜深那惨白色的光。只是像一颗亮星横在电线杆上，巡警严肃的立在槐树阴里，没有一点咳嗽的声息，一条由南到北长宽马路，也不见有一个人影。夜是分外的沉寂，但更向远看去，高低参差的房屋，在月光下一层层推了开去，在沉静中更显着南京的伟大。我想着南京的人，都觉悟了，当神圣的战事快临到头上的时候，开始严肃起来。突破我的幻想，是一阵奇怪的汽车喇叭声，响着多勒梅的调子，把一辆乌亮的流线型汽车，带到了楼前的马路上。车窗里有灯光，虽是急忙的过去，还看到一张粉脸，靠在一位穿西装的男子肩上，她是倦极要睡了。

  回头看看窗户里，那正是一家报馆的编辑部，五六个编辑围了一张极大的长桌子坐着。天花板上垂下来的电灯，照着各人拿了笔和剪刀，正在低头工作。各人面前，陈设着红黑笔画的油印稿纸。一位编辑放下了笔，取着面前的火柴与纸烟，抬起头来嘘了一口气，笑道："北平电话该来了。"我问："何以知道？"他说："刚过去的是某二爷的汽车，由于那响着多勒梅的汽车喇叭声，我知道。某某同学会今夜有跳舞，他去跳舞，非三钟不回来。那么，已到三点，我们的北平电话该来了。"他把纸烟衔在嘴角，呼的一声划了一支火柴来燃着，表示着他的论断不会错误。果然桌上话机的电铃响了。拿起耳机来问，电话里的接线生告诉着，北平电话来了。

一分钟后，我左手捏着听筒，口对了传话的小喇叭管。人坐在桌边，右手拿了笔，按在面前的一张白纸上，我在电话里，与还在两千里地的一位北平朋友谈话。我说："预备好了。"朋友说："北平今天上午闷燥，很热，下午大雨。时局情形是如此。上午西便门外，大炮常响，真相不明。到下午三点钟，枪炮声猛烈发作，日兵有两千人向宛平县城猛攻。我方谈判代表，很抱悲观，时局更见严重。到天津火车，上午一度不通，下午又开出一次。明日情形难说。城内各处兵布岗位，上午重新布起，人数加多。"那位朋友，为了节省电话时间，一口气说了这么多。最后他问一句："南京怎么样？"我用什么话来答复他呢？我总不能说，某某同学会今晚有跳舞，夜深才散。我胡乱答应了他两个字："很好！"他又说了："哦！枪炮又响起来了！很猛烈。这响处地方扩大，由西南角到西北角……"到了这里，戛然而止，我喂了几声，另有个人答复我："北平电话发生故障。"我知道这声音是接线生，只好把话筒放下了。

当我接话的时候，编辑部里人的眼睛，都射在我身上。我听话的时候，面部情形紧张，他们面部的情形，也随了紧张。我

放下听筒之后，大家不约而同的问了一声"今天怎么样"，我觉得就是中国人心未死，谁都时刻注意华北时局的发展。我把电话中的报告，转告诉他们之后，大家都紧紧地皱起了眉头子，但我没有告诉他们北平朋友曾问了一句"南京怎么样"，他们都是青年，我又何必让他们在工作时间愤慨起来呢？

三十分钟之后，我把听电话时候的速记，清理着写了一篇新闻稿。将稿交给排字房，我的紧张情绪过去，便打了两个呵欠。料理了几件琐事，和两个工作完毕的同事，下楼出了报馆。月亮更当了顶，照着马路像水洗了，夜半虽然无风，那空气压在人身上，也是凉习习的。但路上不是已往那般沉静，三三五五的老百姓，男子挑着担子，背着包袱，女人提了篮子，或抱了小孩，在马路树阴下连串地走。他们好像有些羞涩，又像有些恐惧，一言不发，在远道的树阴下消失了。但沙沙的脚步，擦着马路响，是另一批老百姓又来了。他们是南京或近郊的男女佣工，回江北老家去，连夜出挹江门，去赶火车或小轮船。我不了解他们是什么心理，但他们每走几步，就对四周张望着，料想他们对南京有一种留恋。

夜深了，没有车子，踏着月色，顺了马路向北走。很久，迎面来了两部卡车，车前没有折光灯，车上有什么也看不见，上面盖着一层布。两部车子的司机，似乎是穿着军服。它让着行人，很快地过去。只有这一点，带一些战时的气氛，然而，也就只有这一点。走近更宽的马路，这里有一家关上铺板的商店，露出灯光，噼噼啪啪，兀自送出播弄麻雀牌的声音来。我心里想着，我已是恨不得一步就踏到了家，可是眼前就有嫌着疲劳不够的人，还在彻夜的找娱乐。我寻思着，走近了一个广场，那正是南京最有名的新街口。两位同行的朋友，走到此处，向东走去。我一个人绕了广场中间的花圃，继续北行。这里究竟有点两样，广场东北角的南京大厦，建筑好了最下一层的地基，木栅围的工厂里，亮着两盏汽油灯，打地基的机器在凹地里转着轰隆有声。对面某银行大楼，在路边电线杆上立的两盏反光电灯，大放光明，我不能估计是几千烛光，虽在月光下，照在银行的水泥墙上，那反光射入眼帘，几乎不能忍受。但能赏鉴这个灯光的，偌大新街口只有我一个人，我相信这是一种浪费。我又想到了北平的电话，朋友问我南京怎么样，我答复他这事实，夜深了，新街口还亮着几千烛的电灯，照着那水泥墙，朋友在北平炮火声中，必定认为是个奇迹，也许疑心我是在撒谎。

中山北路，是那么伟大，由南向北看去，一条宽大的透视线，直达目光所不能到处，缩成了一点。路灯悬在半空，越是远隔离越小，仿佛一串亮星。不久，两道折光灯光射了过来，渐渐跑近，变成一辆流线型汽车，在面前电闪过去。车里没有亮灯，我不知道是否某二爷之流。但继续的又来了一辆车子，在我面前停住。车子上下来一个穿西服的，扶着一个女人，我不能看见女人是什么样子，路灯与月亮，照出她烫着发，穿着摩登的白色短大衣。那西服男子对车上挥着手说了一声"明日下午后湖会"。于是汽车去了，他也扶了那女子进了路边的小巷。我看着呆了，我想着，也许北平的战事，要变成全面对日战争。我们凭着什么和人战争，就凭某二爷之流，深夜始归的男女？就凭深夜打麻雀的那种商人？就凭着南京大厦？就凭着某银行的反光灯？我在电

话里告诉北平朋友说，南京很好！我欺了那朋友。

"起来，不愿做奴隶的人们！……"一阵风涌似的歌声，由珠江路响了起来。我迎上前两步，却见一队身穿青灰色制服的壮丁大队，横穿过中山北路。他们都是店员、小工、人家的雇工。但这时武装起来，整齐的步伐，激昂的歌喉，看起来和军队并无两样，还在深夜呢，他们已去下早操。我想起了某市长的话，这样的壮丁，南京市已有××万。是啊！中国有无穷的人力，只是南京一隅，便是如此。和日本全面抗战，凭什么？现在有了答复。假使明天的北平电话还通，我把这事告诉我的朋友。

偷闲的偷闲，出力的出力，抗战也非完全绝望。大时代来了，偷闲的总会慢慢淘汰的。我心里这般想着，让壮丁队过去了，继续的踏着马路边人行路。月亮渐渐淡了，长空只剩了三五粒浅星，天幕变成了鱼肚色。路转角的豆腐店门户洞开，灯光通明。锅灶上热气腾腾的，送出来一阵豆浆香。两三个挑着菜担子赶早市的小贩，由我身边抢了过去。深巷里喔喔喔，送出几声鸡叫，一切象征着天要黎明。"起来，不愿做奴隶的人们……起来！起来！"壮丁队的歌声，还隔着长空送了过来。

（又到了"七七"纪念，抗战踏入第五年头了，我辈由洪炉里陶熔出来的文人，是喜？是怒？是忧？是惧？老实说，这种情绪，我们也是无以形容。淡月如钩，银河清浅，山窗小坐，不期午夜。回忆当年，颇有所感，即燃烛草成此文。文中无多渲染，亦不甚经营，存其真也。

笔者附识）

忆萧祠

三十八年前，予十三岁，出外就傅，习读五经，试作策论，所谓经馆也。馆去新干县三湖镇可五华里，为萧氏宗祠。祠外围以橘林，数里不断。巨樟两树，可十余丈，枝叶簇拥祠后进，终年阴暗。院中苔积半寸厚，树上巢白鹭，百十成群，呱呱杂书声乱啼。鸟粪雨下屋瓦上。间或又残鱼半条，随鸟粪落阶前，则啄余之物，其境幽渺可想。予自幼好问，携吾仲弟啸空，与二砚友，择此院一屋共住。啸空方十岁，不能读经，则与年较幼所谓蒙生者六七人，另成一组，读《论》《孟》，作日记，在前进大厅师座前列案习课。予为经生，较自由，可独在室中读书。书案临窗，外面浓阴。日午人静，全馆作文习字，予辄焚檀条数枝，把苦茗一壶，微吟唐宋人诗。师固风雅士，颇重予，不之禁也。窗前有廊，独设一案，为师妹梅乡读《诗经》处，梅乡与吾同岁，面如满月，腮作微红。时以能解《聊斋》，尝暗以书中语"荷粉露垂，杏花烟润"拟之。彼好穿蓝底印白竹叶罩衫，垂红根长辫，予每目逆之而辍读。彼穆然，不以为忤，亦不笑，从容步来，隔窗捧书问字，其实彼并无不解，特借问字以通语耳。吾告之字作何义时，彼微垂目光，以上齿略咬其唇，童心真不无所动。师尝语先父："惜吾只一女，且已字人，否则当联秦晋

好。"予闻而深憾之。梅乡午后即归,不夜读。予与同砚,晚餐后,得于橘林中小步,旋即点锡壶菜油灯,读古文或史论。师有芙蓉癖,须夜深讲书,同砚在灯下久读,眼朦胧,吟哦含糊不成句。前后两进,但闻隔室书声断续如秋蝉,其道甚苦。予则于床上取小说来,挑灯细读,不知夜之三更,视吾弟和衣伏枕呼呼酣睡矣。俄师呼讲书,各携灯把卷,跌撞而来,围前厅大圆桌听讲,并需背古文。睡魔袭人,眼昏昏不能睁视,此真有颡处耳。师固视我如阿难、如颜回,问答居首,苦尤不堪。但有时梅乡亦杂座听史,予则精神焕发,议论压倒全席,师每为之首肯者再。予大乐,讲毕回室,犹私喜不寐也。

夜窗燃陶器菜油灯为文,光浑然如读古人时,则巨樟、苔院、啸空、梅乡,一一若在眼前。"青灯有味忆儿时",真非过来人不能道。啸空墓木已拱,赣境烽烟遍地,梅乡不知在人间否?在亦或作祖母矣。回忆及此,顾影悯然。敬以此文,纪念吾弟。并祝梅乡健康!

五五早起书怀

七年前的五四，我一家，几乎没炸死烧死。五五天不亮，我护送着妻儿离开重庆市区。我知道渡江不易，由七星岗倒走向两路口，取道浮图关下的山路走向菜园坝。大街上，店户闭着门，穷苦百姓，挑着行李，提着包袱，全不作声，人像水一样，向市区外流。一路脚步擦着路面声。看任何人的脸子，全是忧愁所笼罩。我惊于空袭对心理上作用之大，我知道国家抗战之苦，我更知道，这不过是一小点的空袭，若一个国家，整个被打垮了，而兵临城下，那又是什么景象。

我们在山上一看江滩上待渡的人，说什么万头攒动，像一块乌云，像一片蚂蚁。这如何能过江？万一敌机这时到了，那事真不能想象。因之我越发倒走，尽量离开市区。在坟堆的槐树林下，遇到一位挑江水的。我们花两毛钱（至少值现时一千元）要了一瓢冷水，站着互递了洗脸漱口。所有洗脸用具，是妻一条手绢，完全代表。各喝一口冷水，逆流而行，离开码头四五里，在木筏外面，有一批小船。我看四周还无抢渡的群众，我以川语高呼："我们是跳（读如条）警报的，哪个渡我们过河，我出五元钱。"这是个可惊的数目，当日可以买到五斗米，一个渔夫，懒洋洋的船篷下伸头望了我们一下。他带了笑说："再多出两元，

要不要得？"我没有考虑，立刻说声："就是吗！"踏过六七十公尺的一片木筏，我们上了船。二十分钟后，我们到了南岸的沙滩上。跑了一夜警报的她，始终面如死灰，这时微微对我一笑，问："脱离危险区了吗？"我竟是把妻当了朋友，热烈的握着她的手说："我们相庆更生了。"抬头一看，一片蔚蓝色的天，悬着一轮火样的烈日。重庆在隔江山上，簇拥着千家楼阁像死去了的东西，往下沉，往下沉。天空里兀自冒着几丛烧余不尽的黑烟。对岸几片江滩，人把地全盖住了。呼唤和悲泣声，隐隐可闻。江流浩浩，无声的流去，水上已没有渡轮，偶然有一只小船过江，上面便是人堆。人堆在黄色的水面上悄悄的移。

这日子，妻正向我学诗，不知她套着哪书上的成句，告诉我说："愿我有生年，不忘今日惨。"她眼圈儿一红，看了孩子，牵着我的衣服。

我恨了日本人七年，直到广岛吃原子弹，而松了这口气。七年后的五五，我和妻，相隔三四千里，纪念着这个惨痛的日子。早起，我孤独的站在院子里，有点惘然。……

老槐树上，一架航机，轰然飞过。怕听的马达声，我已不怕了，算是我获得的胜利。我惘然什么？

隔巷卖葡萄声

予有十余年之时期，不能闻北平小贩唤葡萄声。其后离平居京，更入川，此事遂废矣。先是予居平之三年初秋，患伤寒，甚殆。幸不死，卧床亦久。由中元以至中秋，均缠绵床褥间。予青年困于婚姻，且以父丧失学，备极懊恼，时昏卧会馆，鲜有照顾者，而孀母幼弟正群客芜湖北上未能，月赖吾三四十元之接济。予病，自秘之，家中嚼裹亦勿能寄，枕上无事惟思不得意事自遣。复念病或不起，孀母丧其长子将不能堪，其下除仲弟已冠，可经商外，其余弟妹四人，均弱小将失学，其不幸更甚于我。以养母育弟，予固跪誓于先君弥留之际也。思极而悲，泪涔涔落枕上。长午如年，小院人静，两扇纸窗外，惟隔院之碧槐巨影相对。而扰其思潮者，则为小巷唤"甜葡萄嘎嘎枣"声。时内乱未起，物价贱，葡萄一斤不过洋数分。而物价愈贱乃愈多，唤葡萄枣儿声此落彼起终日不绝。亲友之问讯不至，而此吆唤声遂永留脑际不去。自后，入秋每闻此声，则卧病滋味即在目前，盖印象深也。

一别北平十年。为人作嫁，又只身北上。于城僻处颇有一家，空室无人，六七老树，十余小树，各以其亭亭之盖助予"作嫁"之余写作。或以事迟出，天高日晶，空庭阴老，玉簪于墙阴抽出三四枝，告予仲秋之午矣。忽隔巷吆唤葡萄声来，令予怔然如有所失，予母七旬矣，知予闻此声而感。予妻久随笔砚旁，亦知予性，相隔数千里外，得毋心动耶？幸今非二十五年前北京，吆唤葡萄者，若空谷足音。否则予若塞上衰囚，楼头少妇，殆不胜多感之苦也。

桂窗之忆

中国文艺谈桂者，曰小山丛桂，曰三秋桂子。苏州留园曾立一太湖石小山，种数十老桂于其上，即以小山丛桂榜之。皓月横天，凉风扇露，曾于其间徘徊数夕，良不欲去。三秋桂子，则词人咏西湖者，予数次游杭，均非秋季，殊不能想象其境界。四川新都，桂湖公园，曲水回廊，小山倚榭，有老桂一二百株，八月之间，香闻十里，予至时，乃在初夏，则亦绿阴遍地，不得受木樨香也。平市街头，近有盆桂出售，盖冬青接枝者，殊非珍品，观物驰怀，思以旁及，乃联想及予之桂窗。

予潜山故居，传五代，子孙繁盛，传及予身，乃得其中之数椽。有一室，为祖姑绣室，予因营为小斋。斋老，黄土砖墙，白粉剥蚀成云片。无天花板，覆以篾席，席使净无尘，作古铜色。南向一窗，直棂无格，予以先祖轿上玻璃上下嵌之，不足则代以纸。凡此，均极简陋，然窗外为三角小院，围以黄土墙垣，终年无人履之，苔长寸厚。院中一桂，予祖儿时手植之。时则亭亭如盖阴覆满院，清幽之气扑人。七月以后，花缀满枝，重金匝翠，香袭全家。予横一案窗下，日读线装书若干册，几忘饮食，月圆之夕，清光从桂隙中射上纸窗，家人尽睡，予常灭灯独坐窗下至深夜。三十年来，不忘此境焉。

抗战初年，予由京归里，知此院为他房所承继，以桂不生产，砍为薪，院则饲豚，并青苔不复得。是知风雅事，实不及于农村。古来田园诗人，每夸农村乐趣，固知谎也。

看灯有味忆儿时

让我把陆放翁那句诗，"青灯有味忆儿时"，改去第一个字，为着同时让我把生命史揭过去四十二年。

我穿着一件枣红色的棉袍，外罩着雪青缎子一字琵琶襟背心。头上戴着青缎子瓜皮帽，上面有个酒杯大的红疙瘩，瓜皮帽前面，绽着一块碧玉牌。腰里系着一条湖水色纺绸腰带，在背心下面，拖出了两截。我脚蹬白竹布袜，红缎起乌云头的棉鞋，很潇洒地走向我的砚友傅秋凤家里，目的是邀她看灯去。

我的学堂里，只有三个女同学，那两个人我忘了，我只记得秋凤。她和我同年。瓜子脸，雪白，很大的眼睛。头上一大把辫子，辫子梢扎着一大把红丝线。我也觉得她很好看。她脸上虽有三四颗小碎麻子，抹了粉就看不见。尤其是她在眉毛中间，将胭脂点上几个梅花点，我觉得真够俏的。

我到了傅家，秋凤穿着一件蓝布印白花的裌子，齐平了膝盖。外罩着一般长的青缎子大镶大滚，中嵌紫摹本缎大花背心。正提着一只螃蟹灯，和拖兔子灯的小弟弟玩耍。她看见我来了，笑着叫我的学名："杏渊，你才来，等的我急死了。你听，锣鼓响到后街了。"我笑说："我们走罢，傅伯伯要你去？"傅伯母站在堂屋里烛光下，笑说："早些回来。"这是个依允的暗号。

我们手挽着手走上后街。

景德镇看龙灯,并没有什么稀奇。稀奇是接龙灯的商家,放烟火(即花盒子)放花筒,一家赛一家,越看越爱看。我挽着秋凤的手,跟着龙灯,走一条街又一条街。熟识的商家,拿出果子年糕茶叶蛋,招待这两个小孩。有人问主人,这男孩子是谁?"张老爷的少爷。""这是小姐?""不!是傅家的姑娘,将来的少奶奶。"秋凤脸上一阵红,低了头,撒开互牵着的手。但是,过一会儿,我们又牵上了。我记得,牵得太久了,手心里出着汗。

大半夜,我把秋凤送回家。她家堂屋里灯火通明在打纸牌。傅伯伯也在牌桌上,看到我们双双回来,回过头对看牌的傅伯母说:"这两个小家伙倒很和气。"同桌的人一齐笑道:"你们两家,几时过礼?"秋凤笑着跑了。又是元宵,这一切都在眼前,但我最小的男孩子,已将近我那时看灯的年龄。让我祝福秋凤健在罢,也许有人喊祖母了。

那些玩大炮的人,可惜没有时间,体会陆放翁那句话:"青灯有味忆儿时。"几十年光阴,一混就完,何若乃尔!

我作小孩的时候

小朋友们，你或者知道我是什么人。如其不然，你爸爸和妈妈，是看《新民报》的，他会告诉你，我是什么人。因为我和小朋友，大概是有缘的，这话怎么说？小朋友们，最小的时候，喜欢听故事，看小人儿书，大一点儿，就爱看小说儿了，我就是个写小说儿的。你不爱打听打听作小孩子的时候，是怎么回事吗？现在，我愿介绍我作小孩子时代一段历史，今天儿童节，算逗个趣儿罢。

我今年五十三岁，提到我的儿时，至少得倒算回去四十多年。那时，是清朝光绪年间，男人头上，都挂着一条大辫子，女人全是小脚，不用多提，单这么两件事，就恍如在另外一个星球上了。闲话少说，我得提我自己。我六岁的时候，就蓄了辫子啦。在光和尚头左半边，头发养个歪桃儿。头发长了，梳个小辫儿，有那么尺把长，上面用红头绳扎着寸来长的根，下面再用红绳拴着辫梢，拖出来两三寸，和小辫子搭在肩上。现在哪家小孩是这么打扮？人家要不说是马戏班里的小丑，那才怪哩！我穿的衣服呢，总是大领子，就像今天和尚穿的衣服一样，不过没有那样长，只是平磕膝盖儿，袖子四五寸大腰身挺肥，而且不作兴穿素的，不是有颜色的，就是花的。我脑子里还有个影儿，穿着一件蓝底白印花的褂子，罩在短袄子上，那大圆领还是红绸子做的呢。裤子呢？那时，小孩儿不系裤带，裤腰上前后有四个到八个绊儿，用绳子挂在肩上，倒有些像如今穿西装的背带。四十年前，可没线织袜子，都是白布的，外套各种花鞋。有云头儿、方头儿、老虎头儿多种，左右脚任穿，不分脚。现在哪位小朋友，要这么打扮起来，公园里一溜达，人家不当新稀哈儿看吗？

人的知识进步了，衣食住行，也就跟着进步。小朋友们生在于今，是比我们作小孩子的时候享受多了。请问，谁愿意学我当年那分打扮呢？说到打扮，我愿提起一件有趣的事。是我干妈，送给我一顶青缎子做的带翅儿的乌纱帽，就像今日戏台上知县帽子一样，另外，还有一件蓝绸圆领儿长衫，我非常喜欢，作客总穿戴着。可是我没有鞋子，有人送我一双五色线编的草鞋，我竟是穿着，和那乌纱帽蓝袍配上，当日我美极了。于今想起来，自己都笑掉牙，由于说我心爱的，让我想起几件心爱东西：第一，是两头山羊。第二，是我祖父部下，给我做的一把木质□刀！因为我祖父是当时一员武将呀。第三，是一把小弓，几支没镞儿的小箭，这是弓箭店里送的。当年的武器，还有一部分是这玩艺儿哩。我祖父的衙门很大，里院的回廊，就够跑百多步。遇到新年，我戴上乌纱帽穿上蓝衫，身上背着弓，腰里挂着箭袋，肩上扛着木质□刀，手上牵着羊，当了马，绕回廊这么一跑，这神气就大了。可是美中不足，那木质□刀，是钉子钉在刀□上的。使劲一舞，刀就弯下来了。我祖父部下，都说我玩的是剃头刀呢。本来吗，就很像。

别尽谈玩，该说念书啦。我七岁上学，那时叫着"破蒙"。

早上一进学堂，坐上位子，就念《三字经》，得大声念。我可是干嚷，什么意思全都不懂，就说开头四句："人之初，性本善。性相近，习相远。"小朋友你懂吗！一堂学生，二三十人，像打翻了虾蟆笼似的乱嚷，那先生板着永远不开笑容的脸，拿着竹板子在桌上直拍，拍的吧吧吧乱响，吆喝着："念，念，念熟了背。"一直把不懂的书念三四小时，除了到先生面前背书上书，不能离开位子，医院吃药，也比这好受。中午放学回家吃饭，吃完了，赶紧上学。这就伏在桌上描红模子啦。描红模子的时候不是不念书了吗？全书房像死去了一样！谁都不能哼一声儿。你要是和邻座同学说句话儿。拍！头上三个爆栗，先生悄悄儿的走过来揍人了。写完了字，大家可以呆坐在位子上一两小时，你以为这是休息吗？可更难受。什么不能动，又不许说话，多难受。偶然偷偷儿的在纸上画个小人儿，或是在抽屉里折个纸玩意，先生不看到便罢，若是看到了，拧着耳朵，到孔夫子神位前去跪着。休息完了，又念书，直念到窗户里黑得看不见字，才放学。一年三百六十日，天天如此，直到放年学，才算喘过一口气。这是当什么学生，简直是坐牢啦。

小朋友们，你生在文明时代，受着时代教育，不用说，一天只念几点钟书，学校里有图书，有唱歌，男老师、女老师对你那样亲爱。念六天，就是星期，多么自在！你们若再不好好的念书，可就有福不知福了。再说，你们的书，念到哪里，可以懂到哪里，除了记住生字，念着没有一点困难，真是容易。当年我们念书，像瞎子看榜似的，既难懂，不但不好记，就连上口念都费劲。大一点儿，念四书五经是没韵的，难念极了。举一个例，像念四书里的《孟子》,小孩儿就有句歌儿,叫着是:"孟子见梁惠王,打得叫爹叫娘。"我们可逮着苦字了。小朋友,我这老小孩子,真羡慕你们的读书生活。

故乡的小年

江南人有个过小年的习惯，那日子是腊月二十四。由江苏、安徽、江西而上溯，都有这个习惯。我不知两湖的情形怎么样，我对于故乡的安徽小年，有着深切的印象。

冬日多晴，太阳晒在田野上黄黄的。稻田里冬季种麦，麦苗长得像嫩韭菜，远望已是一片青，近看却是一行行的绿线。这不能说是草色遥看近却无，但也很有那意思。乡下人穿上有七八年历史的布棉袍，也穿上了袜子鞋，小孩儿提着竹篮，大人托着长托盘。篮子里是纸钱、香烛、鞭炮、茶酒、斋饭。木托盘里是鸡、肉、鱼三牲。在那鸡子黄似山头太阳光下，冲着麦田上的晚风，轮流着去上祖坟。拜祖坟的意思，是请祖先回家过年。的确，他们是真请，做到祭神如神在的姿态。晚上，掩着大门，挂上两个红字灯笼。假如屋子是四进，四进门的堂屋门都敞着，好让祖先成群进来。最后一进客屋是神堂，香烛三牲，再祀祖一番，由大到小，依着辈分、年龄磕头。最后，是饱啖一顿了。其实，这也就是全家的目的，尤其是小孩，真有人在前两天就算计着这顿吃的。当吃臭咸萝卜喝红米粥的时候，想到小年夜的大块肉，就多吃两碗。

每次领导我们磕头的，是大五房的大叔。最近，他过世了，他不迎接祖先了，成了被迎接的新客。我最近一支的男长辈，已经没有了。领导磕头，应该是小二房的大哥二哥和本房里的我。在过年制度里，我们升了级。照说，这是一种荣耀。而仔细的想，这是一种人生的悲哀。虽然我没有在家过年，我遥想着今年领导磕头的二哥，在斜阳麦陇上走的时候，那情绪不会是快乐。

我家不换春联

我的大伯祖父，性情有点像我。其实应当转过去，说我有点像他。我之不像他处，就是他能喝酒，我不能；他脸上有麻子，我没有。我祖父做到二品顶戴，官不算小。可是大伯祖出入制军巡抚之门，为座上客，却是个布衣。这一点，我非常之佩服他。

佩服他的，不仅是我，我大小几房，全如此。他有一肚子诗文、一笔好字，全因他早年落水在小孤山下长江里而消逝了。家里所留下的，只有他为各房所写的春联与神位。也因为只有这一点，我们家子弟，对此特别保护，到了过年，别家换春联，我家不换，只是把堂屋门上及祖先堂上的春联，用柔软的手巾，轻轻地扑去灰尘。这事情是每年大除夕正午做，而且推一位长辈的人去做。

祖先堂上那副联，是"孝友传家书百忍，文章华国鉴千秋"。堂屋门联是"欲知世味须尝胆，不识人情且看花"。早年，我欣赏后者，后来，我欣赏前者对得太工整，是姓张的人，决不反对我这话。

我老家的屋，经过八年抗战而不坏，春联也存在。今年，我家闹了个"六出祁山"与"九伐中原"。屋子有点靠不住，而危燕处堂的春联，其命运可想。又逢三十，我为那大伯祖的墨宝祝福。

北京旧书铺

北京琉璃厂隆福寺各旧书店，以卖旧书著名于国内。说者谓彼等虽出身市井，然凡一书也，内容如何、著者如何、纸如何、版如何，知之极真，辨之极详，看书索价，大有研究。且其对购书者之性情与身份，亦洞烛无遗。因知购者非此书不可，故高其价，宁可交易不成，而勿容易脱手也。予闻此言，亦颇龃之。佣书之余，辄好涉足书摊，以搜索断简残篇为乐。至古色古香，整洁完好之书，则不敢问价。不但不敢问价，且亦不敢翻阅，明知商人以古董视之，多此一摩抚，亦殊无味耳。

然盘桓既久，则觉其闭门造车之定价，有时颇涉于不经。稍稍与讨论之，而漏洞愈多。苟欲某书，吾持以不屑之状态，略略论价，而其值又未尝不可大让。于是知彼等内行之称，究亦银样镴枪头耳，大抵彼等于书之研究，皆耳食与传统之训练，初非自能辨白书之高下。世人相传曰名著，曰好书，彼即以为内容佳矣。作者为翰林公为状元公，彼即以为名作矣。版或精细，纸或暗，彼即以为宋版明版矣（按近来伪造古版书者甚多）。至于书之是否为遗书、版之是否为绝版，苟未经人道，彼不知也。而遗书与绝版大抵又不常经人道，故真搜罗好书者，仍不乏在书上得便宜货了。

新春厂甸开市，全北京小书商，遂各各列摊于海王村之东偏。计其摊，约在百数外，不啻一旧书展会也。予每届春节，必在此处有数度之徘徊。经验所得，固知书商为不识货矣。试数事证之。

（一）抄本书，亦彼等所珍视者也。有毛边纸抄本两册，装订整齐、字则蝇头小楷，亦楚楚有致。询其价，则告以十元，予大笑。盖所抄者非他，乃人家窗课，所选《古文观止》《东莱博议》等之文。

（二）清代文人笔记，虽已刻版，至今荡然无存者，为数甚多。苟有残篇，吉光片羽，自可宝贵。予无意中得乾隆年间某文人笔记续篇一本，约三四十页，绝版书也。予度价必不小，姑问之，则索值一毛五，予铜子二十四枚即得之。真是拿着蜡烛当柴卖矣。

（三）有相术书一部，约十册，予遇一老人持卷把玩爱不忍释。询价，告以十元，还四元而不售，老人怏怏去。越一日，又遇老人在彼议价中，老人出六元，而书贩非十二元不可，老人拂袖而去。此书除此等人不售，虽存十年无人问可也，而竟交臂失之。

由是以言，则北京旧书者之负有盛名，伎至此耳。于是知经验所得来之本领，究不如书本上所得为佳也。

西湖园林

西湖苏堤以内，人家园林，左右蝉联，树木参差，亭亭相望。古人所谓五步一楼，十步一阁者，于此乃可微信焉。此项园林，杭人统称之曰庄。其间如刘庄、宋庄、高庄，为三尺孺子所能道。花木泉石，极铺张之能事。然大半楼阁皆空，幽花自落。客欲有游者，毋须通谒，坦然径入。间有三五名庄，由一班侍役看护，就花设案，烹茶享客。客行则出资掷案，恍如官僚制度。问之，则庄主人经年不一到。侍役于薪资外，藉博蝇头之利耳。盖此中主人，皆一时显宦。偶然兴到，遂在西子湖边，经之营之，为他年终老之计。然年复一年，名缰利锁，终不能脱。祖如是，父如是，子仍如是，有传之数代，而主人翁未尝在其所营之庄中，曾有十天半月之勾留者。故其所置别墅，名曰自娱，实为西湖游人，多谋一歇足之所耳。

有人咏西湖某庄曰："红装楼阁碧栏干，锦绣湖山簇一园。偏是主人千里外，年年只展画图看。"此真道破世情，令人首肯不置，使其主人一读此诗，将叹置此庄之多事欤？抑叹有福之不能享欤？是亦局外人无法为之解释者耳。

盛宣怀在苏州营留园，名驰江南。而盛犹以为未足，有思补楼之设。楼上绘画二十四轴，预计留园将如图以扩充之。

然无缘如吾人,犹得居园中半年,盛则未一日居也,果如计补成,又何用哉?窃叹人心之不易足,而又叹园林之享,亦须有几分清福也。

滕王阁渺不可寻

南昌滕王阁，以王勃一序，闻名宇内，旧日游南昌者，苟非万难，鲜不拔冗一登。阁固不见华丽，然亦非绝无足游。阁毁于孙传芳军抗北伐之役，今荡然无存，唯一碑隐记其地。而后之来者，以未见原阁，乃以名实不符责古之为文以记之者，此未免厚诬古人，不可以不辨也。滕王阁原址，在章江门外，浮桥之南，背城而面赣江之新洲，阁前为接官厅，上有"棨戟遥临"四字。旧日他处接官厅，固亦如是云云，然不及此处运用之切矣。阁并列三楹。左右为配阁，平屋，正中则为正阁，下列八柱，乃一大庭，庭中有壁门，上楷书王勃《滕王阁序》，但忆字体颇遒劲，已不能记为何氏所书。古壁门后，有板梯，拾级而登，即为阁矣。阁之宽阔视其下，前有窗，推窗凭栏而视，则西山迤逦而前，远接天末。俯视章贡两水，合于阁下。风帆云影，均在几榻，阁无足多，若临以凭眺，未始不足与安庆大观亭、南京阅江楼争一日短长也。窗前有白质而黑文之联二，曰："大江东去，爽气西来。"正中一额，曰"滕王阁"，舟过接官厅下者，得目击之。苟有十年前曾作南昌之游者，能证余言之不谬也。余固幼长于南昌，于民元年去之，民四五年间，犹年或一至，民六而后，即不复去。二十三夏，重至南昌，则人民犹是，城郭全非，隘巷多变康衢，陋居半为大厦。虽滕王一阁，渺不可寻，而其物质之进步，则一日千里矣。

潜岳引见录

安徽简称曰皖，盖得自皖山。山在省会安庆西北角百三四十里，拔海四千五百余尺，为大别山之一支峰。志称是峰曰天柱，又曰小南岳，亦曰潜岳，实则潜岳当也。国内称天柱山者非一，是名易混。若曰小南岳，则似拟于衡山而小之。然湘皖路隔千里，无可联系，且拔海过四千尺，亦不得谓之小。以予所知，皖山最高峰周围数百里，山峦起伏，统曰潜山。山下有潜水二，合而成皖水，出扬石牌入扬子江。又山麓有城，为古舒州之梅城镇，是为潜山县。凡此山水城郭，皆曰潜山，而山之最高处尊曰潜岳，固适得其宜矣。

予潜山县人也，家住山东麓之丘陵地带。天下名山，近在咫尺，本当一丘一壑，无不烂熟。顾予少随祖父宦游，鲜返故里，壮又以糊口奔南北，仅十载一省庐墓。故家居胜地，而予反少闻知。半生涂鸦，遂未尝一叙吾乡之潜岳。潜岳所产之卖文者，竟无文叙其潜岳，真负此名山矣。虽然，予不文，未能述及，固已，何海内文艺弄笔之士，亦皆未尝言之乎？是则此山厄运，明清以来，其胜迹为人渐渐荒疏将及三四百年，今无人发潜德之幽光，乃更与世疏耳。

民国二十六年冬，予离京西上，送妇孺回故里。因欲日在收音机内得少许时局消息，乃弃乡而居县城。会作客在外者，陆续归梓。邑僻城小，友好咸集，群居无事，日夕以聚谈为乐。偶及吾乡潜岳，均谓雄伟壮丽，乃不为世所知，堪呼负负。而谈时有父老在侧，则更张点山中神话，有若仙境。予固尝小步城头，见北郊群山迤逦中，有高峰若数指直竖，出入云天，证人所言，知山必有可观。而邑令张君，遍仕南北多省，向予称是山，亦倾倒备至。会合闻见，实堪神往。顾予在京时，积劳成疾，时犹未能健饭，遽欲攀藤附葛，高登峻险，势有不可。友有知予之情者，乃为之划策，可乘车至山麓西南角之野人寨，向山遥眺。且由此以北，山峰夹岸，大河曲出，风景亦至宜人。有此一行，虽不得肉，过屠门而大嚼，亦足快意矣。予心动，决力疾以遂此愿。孟冬某日，旭日行天，朔风不起，气候至适，客正有结队作探山之游者，予乃附队乘人力车北行二十里，以达野人寨。寨在潜水之东岸，人家二三十户，聚居谷口，村绕以墙，一门司出入，行人右行阻于山，左行阻于水，必经是寨，始可前进，故形势乃至扼要。倚寨望对岸，山峰由北曲折南来，与此峰群山，层层合抱。潜水宽约里许，沙明水净，微波澌澌有声，由两山之麓南流。野人寨之谷口，则恍如一葫芦卧地，而由口中将水吐出也。西岸松竹幽森，罩山如九曲之翠屏，其中有鸱角微露，为道观白鹤宫。宫正对此岸之天柱寺（俗名三祖寺），一僧一道，若夹卫此林泉也者。寺本皖中名刹，大殿毁于洪杨之役，配殿数幢，位于寨东之一峰上。予以此行至少必探是寺，乃策杖拾级，作步步为营之法以东行。寺所踞之一峰，西面潜水，友峰于东南北三方拱抱之，形势固是不恶。倚峰头长松下展眼北望，大别山诸峰，层层堆叠，烟云缭绕，气象万千，竟疑越此即通天矣。寺中佛像，虽均具体而微，而皖中人之朝山者，成群结队，恒不远数百里而来。予来日，进香之期未满，松风泉影中，闻鼓吹时作，犹遇朝山之辈数起。寺峰北麓，有涧屈曲乱石中，西下入潜水，即来自潜岳之泉。傍涧有悬崖，赤石嵯峨，遍刊真草隶篆之题字，其出自唐宋人手笔者，官衔岁月，苔藓未能尽掩，犹历历可指。故老相传，是处名石牛古洞。今日所见，惟有题字之崖，山川变幻，想洞已湮没矣。

探山游侣，周览字崖后，则相率沿寺北之山梁上进，予目送鞭丝帽影，没入翠微，乃甚叹为病误此良机。时有家人在侧，若甚解予之不快，乃扶予下山，顺河岸大道北行。语之曰："此亦足游目骋怀也。"

予初漫应之，姑行数十步。及翘首前瞻，但见山穷水复，人在一盆谷中，似已无路。再进，则夹河山峰渐渐舒展，行路一曲，而面前豁然开朗，又成另一山围水转之地。是比之三峡，固彼险急而此夷坦，即比之富春江，亦觉彼纤秀而此壮丽。佳哉，故乡有此山水，予乃于此日始得之。即不登潜岳，予已饱尝一脔矣。

越二日，探岳者归城，则又相聚而谈，各陈所见。据客云：由天柱寺东北上行二十五里，先抵佛光寺（俗名马祖庵），一路溯河行山麓者半，顺山登级者亦半，松杉夹道，流泉四出，落叶封途，残霜积涧，愈进则境愈寂。息肩少立，回顾则人在环谷中，归路已无。但前望潜岳，为当面之峰头所阻，反不可见矣。寺在半山，前有小谷，天然为留客处。是地原本荒凉，经僧人十余年之努力，修路建屋，足可小驻游踪。实则此去县城五十余里，行人至此，亦不得不借寺院托足也（寺有屋百余间，可容大队游客。且屋宇整洁，素餐丰富，亦为深山中难得之地）。寺后为潜岳正山，峰峦插天，回环作俯瞰状。初来客，可求寺僧引导，或向之索路引。然后负粮扶杖，出寺仍东北行。游径初不直趋正峰，但依古迹所在，曲折向上。途中名胜共二三十处，不能尽书。举其最者，一线天似华山之千尺幢，削壁中裂，缘缝而登。画眉架又似华山之猿见愁，直崖微倚，须手足并用而上。丹灶苍烟似黄山之朱砂峰，一柱迎天，微作赤色。剪子坳似泰山之南天门，山梁高起，下临无地。至黄山之石，泰山之松，庐山之瀑布与云雾，莫不俱有，有且甚多。尤奇者翻山越岭，将抵绝峰，忽四山外闪，中落一坪，方圆十余亩。坪有池，活水粼粼，中有寸许之鱼，似鲇而色微黄。鱼多甚，随手可拾。但携之下山，则为日光所曝化，是又庐山天池之龙鱼矣。

马祖庵至此，凡又二十余里，足登万级，天风扑人，虽入盛暑，尤可衣棉。马祖庵之温度，固未有超过八十度者，登此则尤寒，苟入中秋，即不难得雪。越此坪，而登小石山，达三步两道桥，有石板架两石峰上，故云。人达桥上，为山路尽处，不得再进。对面为潜岳主峰笔架尖（亦云笋子尖，皆以形取名），下临绝望，但觉云霭沉沉，不得飞渡。而其上石壁峻峭，若瘦小之金字塔，双剑倚天，拔地万仞，亘古以来，未有足履其地者。桂林独秀峰，一柱突起，奇矣，而太渺小。在华山南峰横空栈，望对壑秦岭余峰，情境险骇似矣，而又无此神奇。客述至此，口讲手画，取喻种种。然甲客言之，乙客觉其未尽，及乙客言之，丙客所见亦然，总之，凡称山之好形容词，潜岳固尽有之矣。

客所谈既多，辄以国人未掘此天地之奇为憾。以予为书生且为新闻从业员，则相约兵革之后，当摄影撰文，为此山出一专集，而由予董其成，邑令鄂人，且言苟有此日，彼任居何地，将不惮千里以襄此盛举。呜呼，是则是山之所以动人者，岂无以哉？后此半月，予西上入川，抟沙一散，旧时游侣，皆不悉一一何在。而岁月蹉跎，予所以许名山而将为之宣扬，亦不知将在何日。岁聿云暮，客舍凄其，怅念故园，几废梦寐。适《旅行杂志》社来书，嘱为十五年特大号作文，遂略藉机缘，为潜岳作引见录。引见者，引以见国人也。客有疑吾言者乎？安庆附近人士，皖万字音无别，俗称潜岳为万山，甚多神话。苟试向皖中人一询万山，彼亦必怂恿客不妨一游也。中国旅行社将来如有意开发此山游览，予固乐为之助焉。

南泉万象

写此文时，距立冬仅三日，本拟命题为南泉秋景，旋悟而改之。然四川大抵无冬，郊外木叶微脱，蔓草塞途，鲜见荒寒之象。客有羁迟尘市，梦寐泉石者，供此以当卧游。南温泉佳处，不在本场。年来商店林立，益增烦嚣。唯入雾季，迁乡者复多入城，街衢寒落乃得现其乡镇本色，黄昏之后，晚雾渐起，十步之外，略感模糊，乡茶馆与沿街摊贩，篝灯设市（此间虽有水电厂，电灯昏暗，反逊油灯），人影幢幢。富农今又粜出数斗米，腰缠法币数百番，于酒馆中饱饮大曲，笼烛而出。此一刹那间，甚饶诗意，然必为长歌，斯能掘发个中情态也。

由堤坎至南泉，小渠一道，屈曲两山中，为全景最佳处，两岸植竹，旧多间断，今夏新篁丛生，缀点成线，小舟徐荡，如驶绿巷。唯八月大水后，竹复多受摧残，又略见间断矣。温泉池塘，在管理局对宇，浴室单位少而且陋，布置欠妥，浪费水源，春冬佳日，入浴者每有粥少僧多之憾，且误于屋顶作雨亭以调节空气，致阴日风雨拥入，凉不可耐。今夏管理局筹措得十万元，已于公园东角，另建新池。

年来南泉居民涌增，皆为所谓下江人。环场而立之村，曰木桥新村，曰民间第一第二村，无非三年内所设。听此中人言语，南如闽粤，北如燕代，无不俱有，喧宾夺主，操蜀音者转少。居停之读书分子，固能辨别来宾籍贯。其浑厚者，若与客对语，亦渐知下江人名词之不妥，已改称外省人。至"脚底下来的"一语，已鲜闻之矣。

下江人之在此者，公务员之眷属，十占四五，自由职业者之眷属，十占二三，余则为小商贩。故竹篱茅舍，豪富甚少。秋风既起，衣被斯需，箱中旧物，亦为珍品。客或稍感箱柜充实者，每于风停日午，展席街头，摊衣出售，以博微利。于时三五中年主妇，短袖长衫，薄施脂粉，踞矮凳，结毛绳，间守摊畔。虽环观者如堵，而神色自若。顾主多数十里外主人，盖闻南泉有此现象，多赶来购取，藉免新制。且斗米抛售，足获一衣，老农均优为之，而下江人每一箱所换，动辄千元，计亦至得。故抛头露面，主妇有所不辞焉。

南泉风景，必凑十数，致将村妇投河处，亦列为一景，名曰节妇投津，读者笑之，唯人事沧桑，十景亦大有更迭。虎啸口既河架新梁，山耸巨厦；仙女洞亦古刹潜踪，书棣环峙。昔以幽静胜，今以繁华著，面目全非矣。夏月秋阴，雾薄成迷。每于云烟缭绕时，立茅檐外闲眺，则见山峦溟溟与天相接。天色苍淡，山影稍淡，而草木楼阁，则影阴浓黑，屋次井然，分明一幅倪家水墨图。于是知云林此法，非属幻想，亦自造化中体会得来也。

南泉山河两岸，有一趣事，久住乃知。即春日北山开红花，南山开白花。红者为杜鹃，白者为各种野蔷薇，一河为界，决不相混。杜鹃受人家樵薪之厄，渐将绝迹；白花则以刺多欠美，繁殖愈盛。有一种白花，极似北方之珍珠梅，秋日结子，经冬不凋,色如朱漆,圆如红豆,累累满枝,间杂苍翠老叶数片,娇艳可爱,较天竺之子尤佳。苏州人尝于菊花堆中,以鼠刺盆景相杂,盖亦取其红实作衬。然鼠刺之叶,大而作六角形,恶劣有细刺,子亦红而不艳,圆而不润。视此野蔷薇子,远逊多多也。

南泉拐在四山夹缝中,原无可散步处。政校主持者,沿小渠北岸,新辟一道,于十月告成,分两段,名之曰花溪东西路。

北平情调

不才随重庆新闻界参观团往成都,《上下古今谈》须停笔若干天,以代其缺。自然卖担担儿面的也不会作出鱼翅席,还是古今谈解数。

到过成都的人,都有这样一句话,成都是小北平。的确,匆匆在外表上一看,真是具体而微。但仔细观察一下,究竟有许多差别。凭我走马看洛阳之花的看法说,有一个统括的分析,那就是北平是壮丽,成都是纤丽;北平是端重,成都是静穆;北平是潇洒,成都是飘逸。自然这类形容词,有些空洞,然而除了这空洞的形容,也难于用少数的字去判断。若一定要切实的说一句,应当说是成都之北平味是"貌似"而微,而不能说是具体而微。

虽然成都这个城市,决不同于黄河以南任何都市。就是六朝烟水的南京,历代屡遭劫火,除了地势伟大而外,一切对成都都有愧色,苏杭二州更是绝不同调。由江南来的人,看到了这个都市,自然觉得这是别一世界。就是由北方来的人,也会一望而知这不是江南,成都之处就在此。

看成都的旧街道,两层矮矮的店铺夹着土质的路面宽达三四丈,街旁不断的有绿树。走小巷,两旁的矮墙,簇拥出绿色的竹木,稀少的行人,在土路上走着,略有步伐声。一个小贩,铛的一声敲了小锣过去,打破了深巷的寂寞,这都是绝好的北平味。可是真正的老北平,他会感到决不是刘邦的新丰。人家的粉墙上,少了壁画,门罩和梁架上,少了雕刻,窗栏未曾构成图案,一切建筑,是过于简单了。

看一个地方的情调,必须包括人民生活,自不定光看建筑,而旅客对于人民生活的体念又是一件难事。然则我们说成都之北平味,是貌似而微,不太武断吗?我说不,建筑也是人民生活之一部分,在这上面,可以反映到他的生活全貌。试看苏州人家的构造,纵有园林,也只有以小巧曲折见胜,你就可以知道苏州人之闲适,而不会是北平人之闲适。于是以成都之建筑,考察到北平风味,是不中不远矣。

故乡的四月

"乡村四月闲人少,才了蚕桑又插田。"在三十年前当小孩子的时候,当这个季节,我一天至少将这十四个字哼上十几遍。于今山窗里的小书案上,供着一瓶自采的山花,红色的杜鹃,火杂杂地像一团血。金银花伸着黄白的鸡爪,菜油灯光里,吐出兰花的香味。窗子外池塘里,三五头青蛙,敲着小卜咚鼓儿,和那菜地里的新虫声,吱吱儿和唱,孟夏夜之歌,自然地在唱奏了。我搁笔悠然神往,"青灯有味忆儿时",憧憬着我故乡的四月。

读者恕我有点顽固,这个四月,是指的农历四月,其实应该说是五六月之交的。但一用五月或六月的字样,被我那先入为主的记忆所误解,就以为是三伏炎天,而不复曾想到"才了蚕桑又插田"的风味。好在这是谈农村味,我们就偶然带些"土气息",算是四月罢。

这个日子,正是"四月南风大麦黄"了。麦陇上风吹过去,将麦丛吹着一层盖下,一层涌起,造成了我们诗人所谓的麦浪。有些麦田,是已经收割了。农人们戴着斗笠,穿着捉襟露肘的蓝布褂儿,一挑挑的金黄色麦捆,不断的向打麦场上送。那里有无数农家妇,高举着竹连枷棍子,摇撼着上面竹拍子,劈拍劈拍打着场上铺着的麦穗。她们的装束,现时才被城市里摩登妇女学会。头上蒙一块布帕儿罩着通红的脸（不是胭脂抹的，是太阳晒的）。两只袖子，卷到了胁窝，露着肥藕般粗的手臂。当我穿了蓝竹布长衫，站在冬青树下看她们时，一位十七八岁的村姑，放下了竹拍，扯下她头上的花布帕儿，撩着短发下的汗珠，转了大眼睛，向我露着白牙齿一笑。"大先生，你也来试一下？"这一管的短镜头，使我三十年来，几自未曾忘却。

村庄口上，树叶子全绿了。杨柳拖着长条，随风乱摆，像一幅极大的绿裙子，摇着夏威夷之舞。楝花（俗称苦栗树）发着清香，一阵阵吹落着紫花的小细瓣，撒在草地上，撒在池塘的水面上。小鸭儿小鹅儿还没有脱乳毛呢，黄黄儿的一群，漂浮在淡绿色的池水面上。小女孩子们坐在塘埂的树阴下，将麦梗结着螺蛳，结着小篮子。新熟的蚕豆（四川话是胡豆），各家炒得有一点，小孩子衣裳里，巴鼓鼓地装了一袋。结着玩意儿，偶然塞一粒到嘴里去咀嚼，其乐无穷。这是村庄上最闲适的一角落。

绿树阴里，布谷鸟叫着"割麦栽禾"，溜亮而又清亮。尤其是下毛毛雨的天，听着之后，教人想到乡村是格外地忙。这时，麦子在几天之内全收割光了，半丘陵地带的稻田，全放满了水，田缺口里，有剩余的水流出去，淙淙作响。这种响声，农人听到之后的那一分愉快，决非公子哥儿听梅调或璇宫艳色唱片所能比拟于万一。天上尽管是斜风细雨，你可以看到许多斗笠之下，一袭蓑衣，在水田里活动。陪着他们的，是伸着两只大角的牛。雨水和泥浆，终日在牛身上向下淋着。它气也不哼一声儿，在水田里，兀自低了头背了犁一步步的慢慢走。诗人又说了："雨后有人耕绿野。"他以为是一种风景。可是让他来试一下，也许就不会有什么风趣了。

天晴了，村庄后的大山，换了一件碧绿的新袍子，太阳照着，实在好看。山上有时有一条垂直的白带子，界破了绿色，那是瀑布。村庄上的树，也格外地绿，人站在树下，凉阴阴的。墙头上的黄瓜蔓儿，结了许多淡黄色的花。水塘里漂着碗口大的嫩荷叶。我们来乡下的城市少年，又耳目一新。但这在农人所感觉的，却是忙，忙，忙。请试言之：老祖父凭着他七十岁的人生经验，料着天气要大热，秧田里的青秧太老，不好插田，第一天下午，就四处找村子里的小伙子，"明天请到我家吃插田饭"。老大老二，被邻村人约去插田，天不亮出去，天黑未回。不如此，自家插田，请人家来，人家是不卖力的。大嫂二嫂打了麦回来，点着油灯，煮咸蛋，磨糯米粉，预备明天绝早的插田饭。半大的男孩子狗儿带了半天星斗的微光，牵牛到塘里，洗掉它身上的泥。还有大些的小三叔，下午被老祖父带着在秧田里拔秧，陆续的捆着秧把。腿上被蚂蟥叮了一口，鲜血直淋，气它不过，将一根秧秆缚了它回来，将生盐和烟丝来呛它，看它化成水，以当工作的余兴。老祖母在灶下生柴火，蒸着过年留下来的最后一方腊肉，口里念念有词，数着明日插田饭的菜。小女孩子也别闲着，一面带两三岁的小弟妹玩，一面摘豆荚。豆藤儿正堆了半个屋角，还没有清理出来呢。

插田日到了，不管是晴是雨，鸡一啼，全家人就起来。灯火照耀中，交换插田工的村友，成群来到草堂里坐下。老祖父率督着小伙子，大盘子盛着腊肉、豆腐、糯米粑，向桌子上送。天不亮，大家就吃第一餐插田饭。东方微明时，平原水田里，一簇一簇的农人，已在分群工作。挑秧担子的，撒秧把的，往来在田埂上。插田的农人，三四个一排，弯着腰在泥水里插秧，泥水被插着哗唧哗唧的响。这样，一直到太阳落下山去为止。但那布谷鸟还不肯罢休，绿阴里面，兀自唱着催耕曲，"割麦栽禾"。

农家乐，在外表上看，也许如此。乡人最忙的时候，我常是站在大路上的树阴下看。农夫们戴着灰色的草帽，赤膊上披一块蓝布遮着太阳，两只光腿，深插入泥浆里。手拨泥水，将秧一行行插着。口里大声唱着山歌："一个女人路上行"，或者"姐在房里头想情哥"。尽管唱词十分的浑，古板的老祖父毫不见怪，甚至还在田埂上歇下旱烟袋和上一句。插田的农夫，都有这个嗜好，到了中午，插秧插到累了，满水田里是山歌声。除非说这就是他们的乐。

我曾叨扰过第二顿插田饭（午饭），颇也别有风趣。韭菜炒鸡蛋，内加代用品面粉。糯米粑，上面堆着红糖。红烧肉像拳大一块，不加作料。新黄瓜片煮豆腐，没有酱油，汤是白色的。这都是用大盘子盛着的，摆满了一桌。照例还有一瓦壶烧刀子，每人可喝三杯。有时，主人多加一盘下酒之物，如咸鸭蛋之类，那就太令人鼓舞了。除非说这就是他们的乐。

不过，由我想，农夫们是不怎么乐的。太阳那样晒人，我看他们工作，自己却缩在树阴里呢。田里的泥浆水，中午有点像温泉，插秧的人，太阳晒着背，泥浆气又蒸着鼻孔，汗珠子把披的那块蓝布透湿得像浸了盐水。皮肤晒得像红油抹了，水点落在上面会滑下来。但泥浆却斑斑点点，贴满了胸脯和两腿。于是我了解他们为什么唱山歌，为什么中午的山歌，唱得最酣了。

在灯下陆续的想,我仿佛已站在天柱山脚的水田中间,及"绿树村前合,清泉石上流"的环境里。山歌涌起,我正玩味着这是苦还是乐?一只灯蛾,将灯光扑了两扑,打断我的幽思。七旬的老母,十六岁的大儿子,正在这个场合眼看农忙。而那里距前线,只七十华里而已。我不能再想,我也就不忍再写了。

绿了芭蕉

这几天，在大江南北，正是"红了樱桃，绿了芭蕉"的日子。樱桃并不怎样好吃，然而它的形态和它的颜色，像一颗颗的红珠，实在是好看。樱桃红的时候，也就是芭蕉绿的时候，回想当年坐在后湖的芭蕉阴下，唤一个卖樱桃的少女过来，在白桌布上倒上一捧红色的珠子，日午风清，眼望着一片生着鱼鳞纹的湖水，心里是空灵极了。隔湖的紫金山，换上了新制的绿袍子，倒着巍峨的影子，落在湖水里。祖国山河真美呀！这并不是什么纸醉金迷的场合，也不是什么霓裳羽衣的胜会，更不是炮龙燔凤的盛宴，可是当春去夏来之时，在南京住过一个黄梅时节的人，他就会这样对人说，又是在后湖吃樱桃的日子，还记得吗？于是听的人，心里就会荡漾一下。

在西蜀听了八年的子规声，触景思乡，自是人情。我们不必怪人空洞的憧憬，无补实际，也不必追悔当年在后湖划瓜皮艇子，忽略了有一天七十二架敌机炸北极阁。不过对"明年此时大概回南京了"的企望者，倒要问一声，回到南京以后，预备了作些什么事？无论时代不同，将不让人软躺在六朝烟水里。而国家这场十年大战之后，一切都会更改，不是回去就了事了的。

西蜀的芭蕉，比江南的肥大得多。而野人山的芭蕉，据报上所载，又是高不可攀。于今看到西蜀的芭蕉，回想当年在芭蕉阴下的甜蜜生活，自是增加一层怅惘，也决不会忘记。所怕者，就是明年以后，坐在那清瘦的芭蕉阴下，会忘了今日的芭蕉阴下，在野人山被围待援的国军，为了缺水，曾是挖过芭蕉根取水喝，这或者不是一般人所能想象的。而住在重庆疏建区的人士，为了茅草檐下，西晒热得难受，在第二个夏季未来之前，赶快就去寻觅芭蕉来栽着，以便多少挡点骄阳。这一种惨淡的经济算盘，也非经过人不知，不晓得将来会不会也回思一下。

痛苦的日子回思甜蜜，就更增加痛苦。而甜蜜的日子回思痛苦，却也增加蜜甜。我想着，将来一定很多人淡忘了，告诉下一代，我们这十年苦，才没有白吃。不然，我们吃这十年苦为着谁来？

芭蕉这东西，在雨窗的夜晚，是助人愁思的，江南芭蕉初肥的时候，雨特别的多，在这场合，在灯下，在枕上，自也容易引人听着雨打芭蕉的沙沙之声，而思前想后，我预计着，我将来，如有这个机会，会永夜的听下去的。不过北方没有芭蕉，有，也是园艺家用木桶载着，冬日入窖，夏日搬出。我若将来回北平去住，就没有这个蕉窗温梦的境界。只有吃樱桃的时候，会这样对人说：当年在四川，三月就吃樱桃，而北方人还在看桃花呢。说到在北平吃樱桃，又让我想起一件事。"九一八"的前一年，上海新闻记者团北游。他们在来今雨轩看牡丹，吃蜜饯樱，认为这是享人间清福，事后念念不忘。有些人也就是生平只这一次，因为已作了古人，再不能去北平了。朋友们谈起，更于流浪的年月里，增加了北平的眷念。由此，我们对于祖国之恋，在温暖中就应当注意他的健康。不问过去是否如此，现在当如此，将来更当如此。

告别重庆

不知不觉,在重庆过了八年的暴风雨,现在要走了,我实在有点依依不舍。以往八年,每在爬坡喘气,走泥浆路战战兢兢之余,就常和朋友说,离开了重庆,再也不想来了。到了于今,我不知何故,我不忍说这话。人和人是能相处出感情来的,人和地,又何尝不是?嘉陵江的绿水,南温泉的草屋,甚至大田湾的泥坑,在我的生命史上,将留下不可磨灭的一页。

在南京失陷,家乡吃紧的时候,我提一只皮箱,悄然的到了重庆。重庆的雾和山洞,保护我度过七年的轰炸,重庆的平价米,充了我六年的饥,南温泉的草屋,为我挡了八年风雨,南温泉的山水,温暖了我八年的襟怀。不是这一些,怎样活到今天,我又怎能不加以感谢!

我个人且如此,打了八年仗,国家受重庆之惠,到了什么程度可想而知。所以我不但劝此地的下江人,甚至全国的人,不要忘了重庆,不要忘了四川。请大家反想想,假使没有四川,抗战会是哪种局面?这是我临别四川,决不能不向重庆喊出的一句话。

我记得我初在本报写的一篇短文,题目是《新街口是我们的》,这一炮算没白放,今天我回去南京,可以徜徉在新街口,新街口到底是我们的,这是我回去最高兴的一件事。我怀着一腔满意的心情离开重庆,我是高兴地向重庆人告别。再会吧,朋友们!恕不一一登门告辞了。

上新河躲警报记

朋友一提到江南的水乡生活，我便很自然的会想到南京上新河。上新河在汉中门与水西门外，去城约十里。"八一三"后，南京日夜被轰炸，一家老小二十余口疏散不易，我就匆促的把家送到上新河住了两个月。这两个月中，我生着恶性疟疾和骨节炎。在乡下住的日子较多，平生乡居日子不算少，而水村生活，这却是第一次。

出汉中门，有不整齐之马路一条，穿过稻田和菜圃，平常有极舒适而绝对有座位之公共汽车，从新街口汉中路开向这里，每半小时一次，车资是全程国币一角五分。便只这一点，已经令人有天上人间之感了。汽车停在街心的空场上，下车向江边走，立刻让人耳目一新。人家无论大小，照例是外面围着一匝竹篱，上面爬满了扁豆或牵牛花的藤叶。紫色的小蝴蝶、蓝色的小喇叭，间杂在绿叶丛中。篱笆里总有一半亩空地杂栽了不怎样高贵的花木。门外的路，在水塘或菜圃中间，三三两两的，分群拥着高大的垂柳；塘里的荷花，直伸到草岸边；红色的蜻蜓，在那里用尾巴打水。不但是看不出一点战氛，而且没有一些城市的纷扰。我第一次来找避难所的时候，我立刻喊着满意了。

上新河的街有两条，去首都不远，自然是什么都有。还有个小码头叫江口，有大小轮开行巢县。江口上林立着茶酒馆和杂货店。我迁居在江滩，离江口只有一节路。然而这一节路的遥远，硬是两个世界，终日寂静无声。照例屋外是竹篱，竹篱外是一条青石板面的人行路，石板两面，长着尺来长的青草。左右隔壁，必相距五六丈路，才有邻居，但彼此联络不断，除了篱与篱相接之外，便是伸入云端的大柳树，枝条相联，犹如在空中横了一座群峰，柳外面是江，然而不是波浪滚滚的大江。大江心里长了一片沙洲，长约十里，上面长满芦苇，把江分而为二，大的在洲外，小的在洲里。我们面对着是这条小江，其平如镜，每日除了那小轮经过之外，没有声息。

我们第一个邻居是柳，第二个邻居是水。左边是公有的池塘，右边是邻家的池塘，后面是自己的菜园，菜园里有一口塘。左面塘是细柳树所包围，右面塘是满塘荷叶，后面一口塘，却是绕着青芦。塘外总是竹篱，篱上爬着瓜豆藤蔓，隔了藤蔓，听到鹅鸭叫。有时两只鸭吃了一条小鱼，钻进篱眼，抢着打架。白的鹭鸶和黑的乌鸦，常常相对的站在柳梢上比着黑白。江滩上的地皮，是不如南京城内那样值钱，人家是充量的将篱笆圈着地面当院落，院落里栽遍了芭蕉、芙蓉、梧桐、凤柏、鸡冠、玉簪、草茉莉。便是院落里不种花木，那门外浓厚的柳阴，罩着满地的青苔。开窗吹着任何一面来的风也清幽可人。

我们门外那条石板小路，顺了向下游走，不断的人家，都在高大垂柳下面临着那条子江。这里是江西新淦木商的殖民地，每幢屋子都修理得整齐疏旷，在河里有木筏铺排的浮岛，上面盖竹篷的小屋和水村人家相对。有时木筏上，也有竹篱，竹篱上也有牵牛花的绿藤,这是水村上异样的趣味。再向前走,由石板路爬上了长堤,到了临水人家的后面。这里更有趣了,堤外是一道小溪,里面长满了菱角蔓。人家的竹篱后面和小的柳树丛,直伸到水里,有那采菱的小船,像一片大瓜皮,浮在菱角蔓上。船上没有人却有打鱼的翠鸟,堤里是围田,那杨柳成行的圈着平芜,画着绿的成圈,在树梢上露出一抹青山的淡影,在白云深处。

这里真沉寂极了,人家屋顶上,伸出十余丈高的打竹缆楼梯,像一座小塔,呜呜的警报声来,两个大塔缆子的工人,爱理不理爬下竹梯了,江边柳树下的打鱼人,两脚站在水里,清理着他的渔网,偏头向天空看看。

在江边上的人家,只有一件防空工作:赶快收拾篱笆外竹竿上晒的几件衣服。但是这里人是镇静,不是麻木,你在这时由窗户里向外看看,三四个骑脚踏车的宪兵,一阵风似奔过了窗户,柳树阴下遍处是穿了灰色制服的壮丁,扶枪挺立着,飞机轧轧声,高射炮隆隆声,在紧急警报下发生了,水村里开始有了战争的意味,我们扶老携幼,钻入平地挖沟上面堆土的南京式防空壕内。有几次敌机炸不远的广播电台,屋子都震动了。三十分钟后警报拉了呜呜的解除长声,静止而死去了的上新河,立刻有一声很自在的吆唤声——"卖老菱角"。钻出防空洞,开竹笆门外一看,一个江北妇人,头扎蓝布,手挽竹篮,踏着深草中的石板路,转过了屋角。就凭这一点,我永远忘不了上新河。

北平的春天

照着中国人的习惯，把阴历正二三月当了春天。可是在北平不是这样说，应当是三四五月是春天了。惊蛰春分的节气，陆续地过去了，院子里的槐树，还是杈丫杈丫的，不带一点绿芽。初到北方的人，总觉得有点不耐。但是你不必忙，那时，天气一天比一天暖和了。你若住在东城，你可以到隆福寺去溜达一趟。你在西城，可以由西牌楼，一直溜到护国寺去。你这些地方□□边有花厂子，把"带坨"的大树（用蒲包包根曰带坨），整棵的放在墙阴下，树干上带了生气，那是一望而知的。上面贴了红纸条儿，标着字，如樱桃、西府海棠、蜜桃、玉梨之类。这就告诉你，春天来了。花厂的玻璃窗子里，堆山似的陈列着盆梅、迎春，还有千头莲，都非常之繁盛，你看到，不相信这是北方了。

再过去这么两天，也许会刮大风，但那也为时不久，立刻晴了。城外护城河的杨柳，首先安排下了缘口，乡下人将棉袄收了包袱，穿了单衣，在大日头下，骑了小毛驴进城来，成阵的骆驼，已开始脱毛。它们不背着装煤的口袋了，空着两个背峰，在红墙的柳阴下走过。北平这地方，人情风俗，总是两极端的。摩登男女，卸去了肩上挂的溜冰鞋，女的穿了露臂的单旗袍，男的换了薄呢西服，开始去逛公园。可爱的御河沿，在伟大的宫殿建筑旁边，排成两里长的柳林，欢迎游客。

我曾住过这么一条胡同，门口一排高大的槐树，当家里海棠花开放得最繁盛的日子，胡同里的槐树，绿叶子也铺满了。太阳正当顶的时候，在槐树下，发出叮当叮当的响音，那是卖食物的小贩，在手上敲着两个小铜碟子，两种叮当的声音，是一种卖凉食的表示。你听到这种声音，你就会知道北国春暖了，穿着软绸的夹衫，走出了大门，便看到满天空的柳花，飘着絮影。不但是胡同里，就是走上大街，这柳花也满空飘飘的追逐着你，这给予人的印象是多么深刻。苏州城是山明水媚之乡，当春来时，你能在街上遇着柳花吗？

我那胡同的后方，是国子监和雍和宫，远望那撑天的苍柏，微微点点缀着淡绿的影子，喇嘛也脱了皮袍，又把红袍外的黄腰带解除，在古老的红墙外，靠在高上十余丈的老柳树下站着，看那袒臂的摩登姑娘，含笑过去。这种矛盾的现象，北平是时时可以看到，而我们反会觉得这是很有趣。九、十、十一、十二日是东城隆福寺庙会，五、六、七、八是西城的白塔寺护国寺庙会，三日是南城的土地庙庙会。当太阳照人家墙上以后，这几处庙会附近，一挑一挑的花，一车一车的花，向各处民间分送了去。这种花担子在市民面前经过的时候，就引起了他们的买花心。常常可以看到一位满身村俗气的男子，或者一身村俗气的老太太，手上会拿了两个鲜花盆子在路边走。六朝烟水气的南京，也没有这现象吧？

还有一个印象，我是不能忘的。当着春夏相交的夜里，半轮明月，挂在胡同角上，照见街边洋槐树上的花，像整团的雪，垂在暗空。街上并没有多少人在走路。偶然有一辆车，车把上挂着一盏白纸灯笼，得得的在路边滚着。夜里没有风，那槐花的香气，却弥漫了暗空。我慢慢的顺着那长巷，慢慢的踱。等到深夜，我还不愿回家呢。

去年今日别巴山

去年今日（十二月二日），我开始离开七年侨居的重庆。当日冒着风雨渡江，夜宿南岸海棠溪。海棠溪这个名词，多么富有诗意呀！况是风雨海棠溪呢？其实那里是毫无足取的，只是重庆对江，一个公路站起点。西边一片黄草童山，护着一条水泥面路，直到江滩。东边是群乱七八糟的民房，夹着一条小街。车站旁边，两面童山，带着一片坟堆和一些歪倒的民房，夹了一条秽水沟，在很深的土谷里，流向长江，实在找不到一点诗意。

不过这天我带家小到了海棠溪，却是悲喜交集，说不出来是一种什么滋味。我家住南温泉六年多，城乡来去，必须在海棠溪上下公共汽车，车站员工，几乎无人不熟。这次上车，变了长途，直赴贵阳。我从此离开四川，也就离开六年来去的海棠溪。久客之地，成了第二故乡，说到离开，倒有些舍不得似的。

这晚，正值斜风细雨。我走出旅馆，站在江边码头上。风吹着我的衣襟和头发，增加一种凄凉意味，满眼烟雾凄迷，看不到什么。深陷在两岸下的扬子江空荡荡的一片黑影。隔岸重庆，一家屋影不见，只是烟雨中万点灯火像堆大灯塔，向半空里层层堆起。我暗喊着梦里的重庆，从此别了。这烟雨灯火中，多少我的朋友啊。当时得诗一律：

壮年入蜀老来归,
老得生归哭笑齐。
八口生涯愁里过,
七年国事雾中迷。
虽逢今夜巴山雨,
不怕明春杜宇啼。
隔水战都浑似梦,
五更起别海棠溪。

五月的北平

能够代表东方建筑美的城市，在世界上，除了北平，恐怕难找第二处了。描写北平的文字，由国文到外国文，由元代到今日，那是太多了，要把这些文字抄写下来，随便也可以出百万言的专书。现在要说北平，那真是一部廿四史，无从说起。若写北平的人物，就以目前而论，由文艺到科学，由最崇高的学者到雕虫小技的绝世能手，这个城圈子里，也俯拾即是，要一一介绍，也是不可能。北平这个城，特别能吸收有学问有技巧的人才。这类人才，宁可在北平为静止得到生活无告的程度，他们不肯离开。不要名，也不要钱，就是这样穷困着下去。这实在是件怪事。你又叫我写哪一位才让圈子里的人过瘾呢？

静的不好写，动的也不好写，现在是五月（旧历的清和四月），我们还是写点五月的眼前景物吧。北平的五月，那是一年里的黄金时代。任何树木，都发生了嫩绿的叶子，处处是绿阴满地。卖芍药花的担子，天天摆在十字街头。洋槐树开着其白如雪的花，在绿叶上一球球的顶着。街上，人家院落里，随处可见。柳絮飘着雪花，在冷静的胡同里飞。枣树也开花了，在人家的白粉墙头，送出兰花的香味。北平春季多风，但到五月，风季就过去了（今年春季无风）。市民开始穿起夹衣，在不暖的阳光里走。北平的公园，既多又大，只要你有工夫，花不成其为数目的票价，你可以在锦天铺地、雕栏玉砌的地方消磨一半天。

照着上面所谈，这范围还是太广，像看《四库全书》一样。虽然只说个提要，也觉得应接不暇。让我来缩小范围，只谈一个中人之家罢。北平的房子，大概都是四合院。这个院子，就可以雄视全国建筑。洋楼带花园，这是最令人羡慕的新式住房。可是在北平人看来，那太不算一回事了。北平所谓大宅门，哪家不是七八上十个院子？哪个院子里不是花果扶疏？这且不谈，就是中产之家，除了大院一个，总还有一两个小院相配合。这些院子里，除了石榴树、金鱼缸，到了春深，家家由屋里度过寒冬而搬出来。而院子里的树木，如丁香、西府海棠、藤萝架、葡萄架、垂柳、洋槐、刺槐、枣树、榆树、山桃、珍珠梅、榆叶梅，也都成了人家极普通的栽植物。这时，都次第的开过花了。尤其槐树，不分大街小巷，不分何种人家，到处都栽着有。在五月里，你如登景山之巅，对北平城作个鸟瞰，你就看到北平市房，全参差在绿海里。这绿海就大部分是槐树造成的。

洋槐传到北平，似乎不出五十年，所以这类树木，虽也有高到五六丈的，都是树干还不十分粗。刺槐却是北平的土产，树兜可以合抱，而树身高到十丈的，那也很是平常。洋槐是树叶子一绿就开花，正在五月，花是成球的开着，串子不长，远望有些像南方的白绣球。刺槐是七月开花，都是一串串的，有些像藤萝（南方叫紫藤），不过是白色的而已。洋槐香浓，刺槐不大香，所以五月里草绿油油的季节，洋槐开花，最是凑趣。

在一个中等人家，正院子里，可能就有一两株槐树，或者是一两株枣树。尤其是城北，枣树逐家都有，这是"早子"的谐音，取一个吉利。在五月里，下过一回雨，槐叶已在院子里著上一片绿阴。白色的洋槐花，在绿枝上堆着雪球，太阳照着，非常的好看。枣子花是看不见的，淡绿色，和小叶的颜色同样，而且它又极小，只比芝麻大些，所以随便看不见。可是它那种兰蕙之香，在风停日午的时候，在月明如昼的时候，把满院子都浸润在幽静淡雅的境界。假使这人家有些盆景（必然有），石榴花开着火星样的红点，夹竹桃开着粉红的桃花瓣，在上下皆绿的环境中，这几点红色，娇艳绝伦。北平人又爱随地种草本的花籽，这时大小花秧全都在院子里拔地而出，一寸到几寸长的不等，全表示了欣欣向荣的样子。北平的屋子，对院子的一方面，照例下层是土墙，高二三尺，中层是大玻璃窗，玻璃大得跟百货店的货窗相等，上层才是花格活窗。桌子靠墙，总是在大玻璃窗下。主人翁若是伏案读书写字，一望玻璃窗外的绿色，映入眉宇，那实在含有诗情画意的。而且这样的点缀，并不花费主人什么钱的。

　　北平这个地方，实在适宜于绿树的点缀，而绿树能亭亭如盖的，又莫过于槐树。在东西长安街，故宫的黄瓦红墙，配上那一碧千株的槐林，简直就是一幅彩画。在古老的胡同里，四五株高槐，映带着平整的土路，低矮的粉墙。行人很少，在白天就让人觉得其意幽深，更无论月下了。在宽平的马路上，如南北池子，如南北长街，两边槐树整齐划一，连续不断，有三四里之长，远远望去，简直是一条绿街。在古庙门口，红色的墙，半圆的门，几棵大槐树，在庙外拥立，把低矮的庙，整个罩在绿阴下，那情调是肃穆典雅的。在伟大的公署门口，槐树分立在广场两边，好像排列着伟大的仪仗,又加重了几分雄壮之气。太多了,我不能一一把她介绍出来,有人说五月的北平,是碧槐的城市,那却是一点没有夸张。

当承平之时,北平人所谓的"好年头儿",在这个日子,也正是故都人士最悠闲舒适的日子。在绿阴满街的当儿,卖芍药花的平头车子,整车的花骨蕾推了过去。卖冷食的担子,在幽静的胡同里,叮当作响,敲着冰盏儿,这很表示这里一切的安定与闲静。渤海来的海味,如黄花鱼、对虾,放在冰块上卖,已是别有风趣。又如乳油杨梅、蜜饯樱桃、藤萝饼、玫瑰糕,吃起来还带些诗意。公园里绿叶如盖,三海中水碧如油,随处都是令人享受的地方。但是这一些,我不能也不愿向下写。现在,这里是邻近炮火边沿,南方人来说这里是第一线了。北方人吃的面粉,三百多万元一袋;南方人吃的米,卖八万多元一斤。穷人固然是朝不保夕,中产之家,虽改吃糙粮度日,也不知道这糙粮允许吃多久。街上的槐树,虽然还是碧净如前,但已失去了一切悠闲的点缀。人家院子里,虽是不花钱的庭树,还依然送了绿阴来,这绿阴在人家不是幽丽,乃是凄凄惨惨的象征。谁实为之,孰令致之?我们也就无从问人。《阿房宫赋》前段写得那样富丽,后面接着是一叹:"秦人不自哀!"现在的北平人,倒不是不自哀,其如他们哀也无益何!

好一座富于东方美的大城市呀!她整个儿在战栗!好一座千年文化的结晶呀!她不断的在枯萎!呼吁于上天,上天无言。呼吁于人类,人类摇头。其奈之何!

陶然亭

陶然亭好大一个名声，它就跟武昌黄鹤楼、济南趵突泉一样。来过北京的人回家后，家里一定会问："你到过陶然亭吗？"因之在三十五年前，我到北京的第一件事，就是去逛陶然亭。

那时候没有公共汽车，也没有电车。找了一个三秋日子，真可以说是云淡风轻，于是前去一逛。可是路又极不好走，满地垃圾，坎坷不平，高一脚，低一脚。走到陶然亭附近，只看到一片芦苇，远处呢，半段城墙。至于四周人家，房屋破破烂烂。不仅如此，到处还有乱坟葬埋。虽然有些树，但也七零八落，谈不到什么绿阴。我手拂芦苇，慢慢前进。可是飞虫乱扑，最可恨是苍蝇蚊子到处乱钻。我心想，陶然亭就是这个样子吗？

所谓陶然亭，并不是一个亭，是一个土丘，丘上盖了一所庙宇。不过北西南三面，都盖了一列房子，靠西的一面还有廊子，有点像水榭的形式。登这廊子一望，隐隐约约望见一抹西山，其近处就只有芦苇遍地了。据说这一带地方是饱经沧桑的，早年原不是这样，有水，有船，也有些树木。清朝康熙年间，有位工部郎中江藻，他看此地还有点野趣，就盖了此座庭院。采用了白居易的诗"更待菊黄家酿熟，共君一醉一陶然"的句子，称它作陶然亭；后来成为一些文人在重阳登高宴会之所。到了乾隆年间，这地方成了一片苇塘。乱坟本来就有，以后年年增加，就成为三十五年前我到北京来的模样了。

过去，北京景色最好的地方，都是皇帝的禁苑，老百姓是不能去的。只有陶然亭地势宽阔，又有些野景，它就成为普通百姓以及士大夫游览聚会之地。同时，应科举考试的人，中国哪一省都有，到了北京，陶然亭当然去逛过。因之陶然亭的盛名，在中国就传开了。我记得作《花月痕》的魏子安，有两句诗说陶然亭，诗说："水近万芦吹絮乱，天空一雁比人轻。"这要说到气属三秋的时候，说陶然亭还有点像。可是这三十多年以来，陶然亭一年比一年坏。我三度来到北京，而且住的日子都很长，陶然亭虽然去过一两趟，总觉得"水近万芦吹絮乱"句子而外，其余一点什么都没有。真是对不住那个盛名了。

一九五五年听说陶然亭修得很好；一九五六年听说陶然亭更好，我就在六月中旬，挑了一个晴朗的日子，带着我的妻女，坐公共汽车前去。一望之间，一片绿阴，露出两三个亭角，大道宽坦，两座辉煌的牌坊，遥遥相对。还有两路小小的青山，分踞着南北。好像这就告诉人，山外还有山呢。妻说："这就是陶然亭吗？我自小在这附近住过好多年，怎么改造得这样好，我一点都不认识了。"我指着大门边一座小青山说："你看，这就是窑台，你还认得吗？"妻说："哎呀！这山就是窑台？这地方原是个破庙，现在是花木成林，还有石坡可上啊！"她是从童年就生长在这里的人，现在连一点都不认得了。从她吃惊的情形就可以感觉到：陶然亭和从前一比，不知好到什么地步了。

陶然亭公园里面沿湖有三条主要的大路，我就走了中间这条

路，路面是非常平整的。从东到西约两里多路宽的地方，挖了很大很深的几个池塘，曲折相连。北岸有游艇出租处，有几十只游艇，停泊在水边等候出租。我走不多远，就看见两座牌坊，雕刻精美，金碧辉煌，仿佛新制的一样。其实是东西长安街的两个牌楼迁移到这里重新修起来的。这两座妨碍交通的建筑在这里总算找到了它的归宿。

走进几步，就是半岛所在，看去，两旁是水，中间是花木。山脚一座凌霄花架，作为游人纳凉的地方。山上有一四方凉亭。山后就是过去香冢遗迹了。原来立的碑，尚完整存在，一诗一铭，也依然不少分毫。我看两个人在这里念诗，有一个人还是斑白胡子呢。顺着一条岔路，穿了几棵大树上前，在东角突然起一小山，有石级可以盘曲着上去。那里绿阴蓬勃，都是新栽不久的花木，都有丈把高了。这里也有一个亭子，站在这里，只觉得水木清华，尘飞不染。我点点头说："这里很不错啊！"

西角便是真正陶然亭了。从前进门处是一个小院子，西边脚下，有几间破落不堪的屋子。现在是一齐拆除，小院子成了平地，当中又栽了十几棵树，石坡也改为泥面的。登上土坛，只见两棵二百年的槐树，正是枝叶葱茏。远望四围一片苍翠，仿佛是绿色屏障，再要过几年，这周围的树，更大更密，那园外尽管车水马龙，一概不闻不见，园中清静幽雅，就成为另一世界了。我们走进门去，过厅上挂了一块匾，大书"陶然"二字。那几间庙宇，可以不必谈。西南北三面房屋，门户洞开，偏西一面有一带廊子，正好远望。房屋已经过修饰，这里有服务处卖茶，并有茶点部。坐在廊下喝茶，感到非常幽静。

近处隔湖有云绘楼，水榭下面，清池一湾，有板桥通过这个半岛。我心里暗暗称赞："这样确是不错！"我妻就问："有一些清代小说之类，说起饮酒陶然亭，就是这里吗？"我说："不错，就是我们坐的这里。你看这墙上嵌了许多石碑，这就是那些士大夫留的文墨。至于好坏一层，用现在的眼光看起来，那总是好的很少吧。"

坐了一会儿，我们出了陶然亭，又跨过了板桥，这就上了云绘楼。这楼有三层，雕梁画栋，非常华丽。往西一拐，露出了两层游廊，游廊尽处，又是一层，题曰清音阁。阁后有石梯，可以登楼。这楼在远处觉得十分富丽雄壮，及向近处看，又曲折纤巧。打听别人，才知道原来是从中南海移建过来的。它和陶然亭隔湖相对，增加不少景色。

公园南面便是旧城脚下，现已打通了一个豁口。沿湖岸东走，处处都是绿阴，水色空蒙，回头望望，湖中倒影非常好看。又走了半里路，面前忽然开朗，有一个水泥面的月形舞场，四周柱灯林立。舞池足可以容纳得下二三百人。当夕阳西下，各人完了工，邀集二三好友，或者泛舟湖面，或者就在这里跳舞，是多好的娱乐啊！对着太平街另外一门，杨柳分外多，一面青山带绿，一面是清水澄明，阵阵轻风，扑人眉发。晚来更是清静。再取道西进，路北有小山一叠，有石级可上，山上还有一亭小巧玲珑。附近草坪又厚又软。这里的草，是河南来的，出得早，萎枯得晚，加之经营得好，就成了碧油油的一片绿毯了。

回头，我们又向西慢慢地徐行。过了儿童体育场和清代时候盖的抱冰堂，就到了三个小山合抱的所在，这三个小山，把园内

西南角掩藏了一些。如果没有这山，就直截了当地看到城墙这么一段，就没有这样妙了。

园内几个池塘，共有二百八十亩大，一九五二年开工，只挖了一百七十天就完工了，挖出的土就堆成七个小山，高低参差，增加了立体的美感。

这一趟游陶然亭公园，绕着这几座山共走了约五里路，临行还有一点留恋。这个面目一新的陶然亭，引起我不少深思。要照从前的秽土成堆，那过了两三年就湮没了。有些知道陶然亭的人，恐怕只有在书上找它的陈迹了吧？现在逛陶然亭真是其乐陶陶了。

敦煌游记

敦煌，是中国在海禁未开，通西方的大道。离县城十几公里路，自北魏以来，经过隋唐五代宋元以及清，都把沙石崖上凿了好多佛洞，就叫千佛洞。到敦煌千佛洞去参观，那不是太容易的事。因为千佛洞没有旅馆，没有吃喝，晚上还没有被盖，这些东西，事前都要好好地准备。因为到千佛洞去，经过沙漠，动不动好几十里没有人烟，借也没有地方借去。我们把一切东西，都已准备得很好，因之没有问题。

谈千佛洞先谈外表。我们汽车经过上千里的沙漠，我们左右回顾，全是白茫茫的不毛之地，车轮下面，也是沙漠和鹅卵石子。后来汽车司机说是到了，我们看见有一个山头，也是光秃秃的。可是那沙山突然中断，弯成一个口子。口子里却是白杨罗列，把它变成树林，这就是千佛洞了。

我们由树林穿过，挨着山边走。这就看到山壁上，开了好多洞口，有的山壁上开了极大的敞式洞门。里面塑着很多的佛，还是穿着五色斑斓的法衣。有的洞门悬在半空，修起一股栈道。有的俯伏山底，大门洞开。总而言之，满山壁上，全是洞子，有一公里长哩。白杨，我们看来，不算稀奇。可是树在这里，便是稀奇之物。这里的白杨，有五六丈高，而且不带旁的树，因为旁的树，越发不易生长了。

这里两边都是小山，中间夹了一条干河，也变成沙漠了。口外自东到西，是一条大沙漠。在千佛洞对过，这山名叫鸣沙山。这里的山，都是积沙，内中藏着鹅卵石。自然，这山上不长树木，也不长草。事倒奇怪，这里凿壁却雕塑许多佛像。还有一事，从前西域僧人，每到傍晚，却见鸣沙山金光万道，就说这里是佛地了。

千佛洞是笼统的一个名词，要论起名之初，那倒真有千余个佛窟。这多年以来，佛窟就屡次倒坏。尤其是明朝，嘉峪关以外，就视同化外，倒坏之处更多。所以到现在，真正的佛洞，只有四百六十九个。这四百多洞子，探纪如下：魏窟三十二个，隋窟九十个，唐窟二百零六个，五代窟三十二个，宋窟一百零三个，西夏窟三个，元窟八个，清窟五个。这么多佛窟，先看哪一个呢？后来决定，先请这里人，带我们先看一个大致，回头就看各人的嗜好，你要对哪个洞子有兴趣，就看哪一个洞子吧。

我们把佛窟看了，这里画的怎么样，以及塑的怎么样，我们自觉程度浅，还谈不到；不过这里有众人必须知道的，我们谈一点。

第一，是三尊大佛。鸣沙山对过有七层屋檐，都是亭台楼阁的模样，你稍微站得远一些看，像真的一样。其实这是嵌在石壁上的，就是屋檐小一点吧。走进洞去，也是很大一间殿宇，可是石壁都没有图画。朝里一些，只看到一件袍子的下角，怎么悬下来，我们还不能望见。挨着袍子边，朝上看去，是洞内凿成七层高的佛窟。这高的窟，就是里边光立着一尊佛像。这佛身披着袈裟，模样十分和气。这是一位释迦牟尼的像，佛像有华尺十丈高（三十三公尺），除了云冈石佛以外，恐怕也没有其他地方的佛像可以相比吧？洞为盛唐时代所造，总共费了一十三年工夫，可想这是何等伟大。至于身上所披的袈裟，以及衣服里外面，涂饰的颜色，也还半新，这不知是原来的颜色呢，或者是后代重修的，但观看颜料的配合，决计不是近代的。

第二，也是一尊如来佛。出洞往北走，中有一门牌为一三〇号，这大门是封锁了，我们走旁门进去，进去之后，上了盘梯两层，有楼，佛像刚到一半。这里向西开有极大的窗户，凭窗观看，佛像共有二十五公尺，把以前那种大佛来比，小了一丈多，其余，所制无甚分别，也是盛唐年制。

第三，是一尊卧佛像，在这一列佛窟的尽头，是一个西夏制的佛窟。西夏为拓跋氏，当年割据称帝，宋朝打了好多年仗，总灭不掉他。一度建都横山县，后都宁夏，割有陕西边境、内蒙古自治区、甘肃西北。他建立这样一个洞头，自然要看上一看。

洞在浮沙上，先立了一个庙门。进门，站着几尊神像，都有威武之气。最奇怪的，凡胸上或者手上，都盘弄着或者擒拿着一条蛇，这不晓得是何意义。外有两只狮子，作跳跃状而且昂起头，这越发不解了。观后入洞，洞内，为一张睡榻，两头都不空，上面睡了如来佛，身子有两丈多长。睡容为一手长垂，覆盖着在自己左腿之上，一手托着自己的右额，双目微闭，似睡未睡，这个像塑得很是不坏。身后站立七十二弟子，其像高不过二尺，环立在如来佛身边，都没有快乐样子。

这洞画的供奉人，衣服及鞋帽与汉人有什么分别没有，我本想研究一下。但是壁上像只有尺把高，看起来，男人长衣方巾，女人也是长衣，脑上绾了一个圆髻。洞中又很阴暗，可说一无所得。

我们谈完三尊大佛，就对洞子也谈上一谈，当然这不过是百分之一而已。先说北魏的洞子，假如我们为了立刻就看到的话，穿过杨树林，这里有一座古牌坊，上面题了字，曰古汉桥。穿过牌坊去，有坡子，两旁有木栏杆，因为这坡子相当的陡。这里的佛洞，就一个挨着一个，而且上下都是一样，最多的洞子，有上下五层。所以走这坡子，就越过两层佛洞，方才到达我们所要到的佛窟。这才第一次看见北魏窟。这里所谓北魏，不是曹丕的魏，是晋朝已不能守北方，交与魏国。那魏国拓跋氏，建都洛阳，北几省的地盘，差不多都归了他。洞里有几尊佛像，是何时代出品，还不能定。至于壁上画的壁画，那确是魏朝人的手笔。它这画一律是粗线条，眼睛画两个圈圈，嘴上画一撇，这就是眼睛和嘴。但是画得好，画得刚刚就像嘴和眼睛。其余身上有脱赤膊的，也画几根粗线条，将上下一勾，就两条胳膊出现，这个完全以旷野表示。

离开这里，两边佛窟都可以相通的。不过佛窟，有大小不同。有大的，有我们屋子四五倍大，照样是雕格玲珑。小的呢，那就只好容一人在里面。因为这是当年供奉人供奉着佛，就打一佛窟，供奉人有的钱多，就打大些，有的钱少，那就小得只容一个人。但是虽然大小不同，供佛都是一样，所以佛的香案上，至少有三尊佛像。我跑了许多洞子，有的低着头，一翻身就是一洞，有的就如同进了庙里一样，十分宽大。

我们以朝代而论，先就论到隋朝佛窟。隋佛窟中佛像的衣服，花纹很少，佛像有时呆板一点，不过所画的供奉人，都长袍大袖，那就不是魏佛窟所配的人像，是旷野一流了。而且不但衣服花纹很少，那折纹也少得很。隋朝在中国虽是统一了江南江北，但是年数很短，还没有在艺术上表现特点。

回头就论到唐朝了。唐朝在画上是两个特点，一个是盛唐，一个是晚唐。盛唐画法，只是堂皇富丽，晚唐的画法，却甚细致。本来唐朝佛窟这层也有的，只是求几幅代表作，还是向底下去看，经过了底下靠北几个佛窟，这就到了几个盛唐时代的代表作的洞子。这里有一个佛有半座佛堂那样大，上面有五尊佛像，塑法都十分自然。尤其居中一个，对人嘻嘻地笑。至于所穿衣服，这都有细细的波纹。画人像方面，自然只能代表唐时候的人。男子头戴乌纱，身披着长袍，异常宽大。至于女的头发，都是头上梳一个圆圆的发髻，束在头顶当中，外穿一件半长的长袍子，下面露着裙子尺把多长。这个时候，都是天脚，鞋子前面，一个平头。手里提着香炉，但香炉不是现在的香炉，像个熨衣服的熨斗。提了一只柄，上面还有一个圆盖。至于十三四岁的姑娘，头发左边梳一圆髻，右边梳一根辫子，横过来塞在小圆髻之下。此外，一把遮阳伞，伞的样子，也和五十年前的万民伞差不多，但是它的伞柄不同，就是伞下伞柄约有尺把长，稍微弯弯一曲，那阴处恰盖在前面人的身上。这虽不足代表唐朝的全部，然而这总可以表示一点点吧？

至于五代画，我看到与唐朝尚无分别。到了宋朝，这个佛窟的作风，又是一变。我曾参观许多佛窟，所塑的佛像貌，以及衣

服，又觉得稍花一点。但是所塑的像，那精神没有以前的好。所有供奉人都是长袍，要瘦些。唐朝供奉人，大的画得比我们人还高，至于宋朝大的也不过两尺高，小的就几寸高了。

下降元清两代，我匆匆看过一遍，无甚可言。再就佛的画像说，画着的多是佛家故事，都在佛窟两边墙上，这本是极好的故事画，但大半均已模糊。我们细细观看，这里分成舍身喂虎，得道成佛等等。这些故事，尽管是佛出世的事情，但我们可以当作参考资料，了解古来的生活。比如说，我们没有凳椅座位，这画里，就有些比桌椅还矮的桌子，供奉鲜果，这就可以想到古来堂屋是怎样一个模样。又比如说，我们从前牛车马车是怎样的坐法。这画里，画的也有。所画的牛车马车，比桌面还要大，比桌子还要高，人盘了腿坐在上面，这也可以想到我们古来马车是怎样坐法了。所以这些古董虽然还是古董，但翻开历史，比没有参考，那总要好得多。

敦煌要谈的事情是很多，这仅是我草草勾画出的一个轮廓。

敬以一瓣心香致祭徐君

我不认识徐君，不过是一年以来，一个神交之友罢了。在我去冬南下的时候，南京的朋友对我说，徐志摩很称赏你的《啼笑因缘》，他不大看《新闻报·快活林》的，而今为了你的小说，是不断的看。我心想，不至于吧？徐君是新文坛一颗灿烂的明星，对于我这种取径旧式的小说，未必同意，听了也就只当西风过马耳已。今岁的秋天，老友郑颖荪君对我说："志摩来了，住在适之家里，我介绍你们见见，好不好？"我微笑，心里想，他或者不大高兴这个落伍的小说匠。颖荪兄又说："他很喜欢你写的那个沈凤喜，说是与平常人写女性不同。"我说："没有其他的批评吗？"颖荪却未说，然而我猜着，一定有的，倒很想领教。因为我向来自己不护短。颖荪兄似乎看出了我的情形，便道："他是很自负的，向来不大称许人，既称许了，一定是好。"我当时很有点感触，便很愿和徐君一面。然而人事是极渺茫，竟未得着一个见面的机会。但是，我想，机会总是有的。

一个月前，我在温泉修养，遇到郝更生伉俪，在食堂中闲谈，又谈到徐君。郝君说："志摩对于《啼笑因缘》，极佩服你所写天桥的一段，他是很不轻易许人的呀！你和徐君认识吗？"我说："不认识，但是回了北京，我要去领教。"我说这话，并不是因话答话，实在有这个决心，然而回平以后，又在人事渺茫中混过了。

我如此要见徐君，并不是因为徐君说我几句好，我就有一经品题，身价十倍之感，或者想徐君替我标榜一下，我可以利用他。只是人家都说他不大称许人的批评之下，对我加以赞许，至少是个同调者。徐君对文艺是很有研究的，交这样一个朋友，或者不为无益。其次，文坛上，新旧门户之见，现在是很深了。新的对旧的一切抹煞，旧的对新的，又一概不接受，当然不是好现象。若是有人打破这种成见，似乎值得一谈，所以我很想见了他。

一个寒夜，胡同里一切的声音，都停止了。我坐在绿色电灯下，傍着炉火，正在有所思。冻风吹着窗纸，刷刷作响，令人自然感到凄凉。我三弟回来，隔着纸窗报告了一声，徐志摩死了。我心里突然一跳，站起来向下一问，及至得了详细的报告，我长叹了一声。这心一跳，人一站，一声长叹，殊不明何由而至？然而徐君遭难，我不能漠然对之，是有点证明的了。从此以后，我所想和徐君一谈的事，已经等于泡影。徐君对我的好感，我是完全知道的了，我对徐君的一番敬意，徐君却未必知道，到了现在，我也没有法子，可以让徐君知道。我每每想到此点，心里就充分的不安，同时我想到怀疑徐君不无新旧之见，更是抱歉，然而这一层意思，我是怎样可以表白出来哩？

我敬以一瓣心香，致祭徐君。

哀刘半农先生

记者于西北归来之次日，于报端睹先生忽归道山之噩耗，徘徊寓楼，顾影不能自适者久之。嗟夫，人生之生命其飘忽不能自持，有如此者乎？刘君对本报不断的有其著作发表，而与记者私人，虽相见极疏，而交情甚笃。记者私人所办之北华美术专科学校，君为校董之一，两年以来，极得君教育行政之指导。方谓吾道不孤，当与君为长期之共济。今竟永别，于私于公，皆有不能已于言者矣。

在二十年前，君本一海上零落卖文之人，近今普罗作家所指斥为"礼拜六派"者，事乃近之，旋君幡然觉悟，襆被北上，为北京大学教授。五四以来，乃与胡适钱玄同陈独秀等努力于文化之改革。所谓"新青年派"者，君固其中巨擘，虽其主张与当时诸彦不尽符合，然自有其不可磨灭之光荣史在。其后君感于所读中国书甚少，回江阴原籍，闭户读书，凡一年有余始出洋习方言之学，卒得博士以归，即此数点，可见其治学之与日进步，不以有职业而自已。去年夏季君游豫鲁，考察方言。今年夏季，又远走绥远，作西北方言之考察，乃卒以水土不服，就医不及，回平三日而弃世。然则君之死，谓其殉于所学，非其友人之私言也。

方今学者，不为不多，然非高车驷马，相率入于仕途。其次亦不免苦心孤诣，投机取巧，谋为有权威之作家，与夫拥有党羽之名教授。故在朝者无论已，即在野学者，求其不结党，不营私，专心致志于其所学之人，环顾国内，当可得而数。刘君虽不必即为无可非议之人，然于上两点，则皆未有。且君虽身居外国多年，回国而后，不穿西服，不习跳舞，不吃大菜，不无故而说洋话，不无故而引用洋文，非万不得已不用洋货，凡此数节，虽极小之事，而留学回来者，能办到此点之人，恐亦为数不多。故君之为人，君之治学，皆有独到处，不求是非于皮毛之上。当其长女子学院时，禁止学生跳舞，与互称密斯，颇深受摩登人物之揶揄。其后君又为男性女性两名词代表人称问题，认为不通，亦深为欧化者所攻击。而君则两年以来于私人谈话中，仍不改其故态，记者初颇疑其小题大作，后则悟君一肚皮不合时宜，无可发泄，借题发挥之耳。若必谓学者必须一律趋时，则愚可以无言，否则盖棺论定，君实一脚踏实地作事不计功罪之人。以此态度治学教书，实为至当。近世一部分学者，无论其思想道德如何偶有微名，即不免目高于顶，藐视一切。偶受打击，则又极力迎合时论以保全地位。若以刘君比之，则刘君有可钦佩者在矣。记者游西北之时，李润章先生饮之于东兴楼，君亦同座。偶谈及徐志摩君事，谓徐当日欲坐飞机，君戒勿跌下来，徐固旷达，立向君索挽联。后徐果坠机死。其一友则谓记者曰，君若死在西北……忽觉不利，立改其说，并善为解慰。刘君则笑曰："恨水为人，那会迷信至此，毋庸解释。"今记者游西北回矣，而君乃死于西北之考察。回思把盏笑谈，如昨日事。而君不能再见矣。追忆此席，即为永别之酒乎！人生之生命，其飘忽不能自持，有如是者，与刘君老友成舍我君谈及之下，诚不胜其嗟叹也。虽然，君之死，死于考察也，亦即死于所学也，可以不朽矣。至记者与君道义之交，其事不欲表之于报章，以至标榜之嫌。然于草此文时，寓楼温度，升至一百度上下，虽挥汗如雨，未敢中止，此一片诚意，当可以告吾友在天之灵者也。嗟夫！前岁此时，为联以吊君弟天华音乐大师，君已对愚深表谢意。不料为日无多，竟又为文以哀君。此诚刘氏之不幸，学术界之不幸矣。然而为君兄弟友人者，其又所能堪哉？呜呼！

卖花生的老苏

这里所记的我友，不是胡适之之类，说句上海话，乃是起码货。若是用句北平话骂我，说我交朋友，有点下三滥，我就很干脆的接受了。

第一个让我不能忘的，是南昌老苏。他是永新人，他和他的未婚妻（童养媳），一手由姑妈手里养大。她比他大，在他十三岁的时候，她已十六岁，让姑母逼做了私娼。老苏长大，已不可救药了。她后来嫁给了一个县长，认老苏做兄弟。老苏不能怪他的未婚妻，又不能接受这不可忍受的侮辱。他只得躲到冷巷子里去，摆花生摊子。

我记不起是怎样认识他的。仿佛是由学校回家，经过摊子而交言的。他坦直的叫我学名张心远，同学有点怪他。我说："为什么卖花生的不能叫我们的名字？我们又能叫他老苏呢？"老苏高兴了，晚上在水酒铺门口遇到我，一定请我吃水酒。在酒碗边，他说，他不识字，但是能讲《水浒传》。尤其是对武松与石秀，说得有声有色，那是他有激使然吧？

夏天到了，冷巷子口上，有一个解家厂，我们常遇到在一处乘凉。在一片月亮地里，老苏穿了白短裤，拷绸背心，挥一把油纸扇，坐在竹椅上讲武松血溅鸳鸯楼。四周围着听的总有一二十个，一点咳嗽声也没有。其间，必有一个我。身后是茶叶栈的茉莉花园，风吹着细微的香味来，情境很好。所以我总不先走，等人走光了，月亮西斜在人家屋角上，他总送我回家。他私私的问我："山东真有梁山泊吗？"我劝他："不必过于愤激，可以上夜学去读点书。将来有机会，我可以找封信给你找一点小事。"他直率的说："作小生意好。"

后来我搬家了，不常遇到他。但遇到，他必定请我吃一碗水酒。我最后一次离开南昌，房产卖了，父亲死多年了，亲戚朋友全分散了。前两天，我见他在小巷子里吆唤卖栀子花辣椒（这是南昌四五月间，一种特殊小贩）。他说："我听说，你吐血，真吗？"我说："学算学学的。我后天回安徽原籍了。"一句淡话，也未介意。那天我随了一只网篮一只破藤箱的担子，上了小轮的天棚，老苏却提了一包茶叶一包回回饼，预先等着我。我心想，只有不识字的人，是朋友。当轮船离开码头的时候，我见他站在岸上，赤了双脚，举起芭蕉扇遮着太阳，呆望了船上，我流泪了。

二十三年前，别南昌，二十年而重到。城墙变了大马路。无法找老苏了。但是，我想他一定能生存着的。

哀郝耕仁

我证于我的老友郝耕仁，我相信年老的革命党，依然保持他三十年前的精神。他在民十六以前，为革命到过黑龙江，曾步行由湖南到广州，加入一支革命军里去。他可是前清一位秀才。然而除了五四时代，芜湖一隅的文化界，知道他是一个努力革命的人，几乎无人知道他的姓名。

抗战后，他以年过五十的文人，寄食到甘肃河西一带，穷困交迫，以至于死。他知道我也穷，不愿受我的接济，很少来信。我每次寄信给他，反要托汉中一位亲戚转，真不失一位耿介忠恕之士。最近亲戚来信，寄他的信由凉州退回来了，信面批着收信人病故，我惘然若失者竟日。

前年他回我最后的一封信，有八个字打动了我的心弦，乃是"少壮革命，垂老投荒"。想不到这一投，却是不能生还了。他和先烈韩恢最为莫逆，韩也是个终生潦倒的革命党，我想能慰他于九泉吧！

悼林庚白

予不识林庚白,犹之林不识我,然吾人究有一段文字交,闻其惨死,实不忍无一言也。

林以诗人自命,每一诗成,辄自誉为百年来所未有。此与予为人,适至相反。故接交之机会尽多,而予初不谋此。林视予如何,予亦不知,然料无好评耳。民国二十三年,林在上海《晨报》刊诗话,对于予作《春明外史》之描写新诗人,谓系隐筹徐志摩,横肆抨击。或指报视予,予微哂。盖小说中人物,本不索隐,彼好为之,予亦不能禁,必与之计较,则失矣。

民国二十九年秋,《新民报》社转来一快递信,内附五律四首,其后朱钤鲜然,则林庚白之款也。予大奇,以为必系责难。及读其书与诗,则推许备至。诗之第一首,开宗明义,则曰:"吾友秦邦宪,当筵誉汝文。"其下溢逾之词,予几读之汗下,以林为人自视之高,乃反其以前之相难而相爱如,实属意外。窥其书意,似欲在予编之最后关头一栏发表。予纵好名,安得借重名人,如此标榜?乃即回一信,托转递,深致谢忱并约一江之隔,当图良晤。事后,予以语友人,友亦大奇;盖文人得林庚白如此推行,极罕见之事也。从此,予颇欲与林一晤,以作快谈。惟年来惧入城市,观面无由。且以尽可从容订约，毋须急就，遂延搁至于二年，不图林乃遭此厄遇，终身不复可晤，未免负此知交矣。

昔年诗医叶古红在日，予曾约给红叶一轴送之。后叶死，予学季子挂剑之意，于清明日，约萍庐慧剑二兄焚其画于墓上，以示不忘。今予不但心许林君一晤，且曾函告之。而林遗骨海角，且令人不能一吊其墓，则予之表明心迹之一文似未可少也。乃述其文学之因缘如上。

陈独秀自有千秋

前十日接到高语罕先生的信，还曾提到陈独秀先生。说他虽在江津，也有半年未见面，不知他的健康如何？因为陈先生久已足不履城市了。想不到数日之后，就在报上看到陈先生的噩耗。我们这间关入川，久栖山野的逃难文人，真有说不出的一种辛酸之味。"知尔远来原有意，愿收吾骨葬江边。"不知陈先生生前，可有这种感慨？江津安徽同乡虽多，商人不去说他，而其他又是对陈先生害着政治病的。令我想到他身后萧条，是不堪形容的。

陈先生为人，用不着我来说，在目前大概还是盖棺论不定。在不久还在本栏劝过陈先生不要谈政治，把他的文学见解，贡献国家。陈先生对此，没有反应。我了然此翁倔强犹昔，只是私心惋惜。

在学说上论，陈先生是忠诚的。虽不能说他以身殉道，可以说他以身殉学。文学暂时不值钱，而学术终有它千古不减的价值。我们敬以一瓣心香，以上述一语慰陈先生在天之灵，并勉励许多孤介独特之士。

哀胡抱一先生

前天在报上看到胡抱一老友，在渭南被刺逝世的消息，已发生很大的感慨，昨天又看到王漱芳君坠马殒命的新闻，更增加了我这种感喟。人生祸福，如此难卜，觉得君子安贫，今日已不易谈到，而达人知命，更是极难作到的工夫了。

王君交浅，我且让别人去悼惜，胡君却是三十年的故人。记得民国三四年间，民党被袁世凯逼迫，大部中坚分子避居上海法租界，我就在那里认识了胡君。他穿一套半旧的西服，终日在外筹款办学，拉朋友教书，他一仰倒在穷朋友寓楼的卧榻上时，露出了西服裤子，无数的破洞。朋友说他忙破了裤子，真有点傻劲。那时他是翩翩年少，他并不以为有碍他面子，未曾换了那套西服。前三年，在重庆晤面，他说："二十年前的小孩子，你都半老了，何况我？然而我还在傻干。"想不到这种人会横死。也许就在这点傻劲上吧？

民党老人郝耕仁，老无所闻，客死甘肃河西，是胡君代埋的。我们见面曾为郝叹息不已。今胡君虽遭不幸，却胜于郝之投荒而死，"没世而名不称焉"，他是有功可录，有传可记的。这或者可慰他于九泉吧？

一段旅途回忆

——追记在茅盾先生五十寿辰之日

新副的编者，写信告诉我，廿四日，是茅盾先生的五十寿辰，问我有话说没有。站在我们生活大致相同的立场，当然是有。不过我读他的大作，虽有了二十多年，可是我们见面相识，还是近两年的事。我既不能交浅言深，若在酬世锦囊上抄一首寿诗送他，那就太无聊了。因此我想到一段旅途上的事，颇与茅盾先生和我有关，就追记了下来。虽然有点像《我的朋友胡适之》之类，但在这里也可以看到茅盾先生对文艺态度的一斑。

大约是民国二十年初夏，我由浦口北上，和郑振铎先生同住在一节二等车厢里。旅程无事，彼此就找着闲聊。这正是《啼笑因缘》出版不久的时候，郑先生一谈就谈到这部书。当然，他要客气几句。我请他批评，他不肯。我笑说："上海新兴文艺群，对这部书的印象不大好。一般的说，怀疑'礼拜六派'要返魂。郑先生喜欢用'有趣'两个字轻松地答复任何一个困难问题。"他便笑说："那是很有趣的。"他说完这句话掏出他西服袋里的手绢擦摩了一下脸。我知道他不肯赤裸裸地告诉我，也就不再问，因为我们一般地交情很浅。可是他立刻兴奋了。他接着说："茅盾对于这书，有另一种看法。他对大家相同的批评，完全两样。"接着他又补充了一句:"那是很有趣的。"当然我不能放过这个机会,我就跟着请问,茅盾先生是怎样的看法。他迟疑了一会说:"对于技巧方面,茅盾认为你有你的长处。"我说:"那么,意识方面呢?"他笑说:"那是很有趣的。自然,《啼笑因缘》里也有暴露。张先生,你觉得这话,对吗?"我知道郑先生说话,非常的慎重,也就不多问。后来在一天夜间的闲聊中谈文学史,谈词曲,谈章回小说,郑先生是终于忍俊不禁,略略透露出茅盾先生对《啼笑因缘》的意思。原来的话,是记不清了。大概茅盾对章回小说的改良写法,并不反对。在通俗教育方面,也还不失为一个利用工具。至于在文艺上的地位如何,郑先生只是提供他自己的意见。似乎在今日(指十年前),新作的章回小说,很难达到文艺的水准。尤其是意识方面,作章回小说的人,认识不够。当然,我自有些不服。可是事后仔细地想,无论是振铎先生的意思,或茅盾先生的意思,大致是正确的。不能以我是个章回小说作者,和那时的神话式、肉感式、黑幕式的章回小说辩护。

  这些话,是间接的得着茅盾先生对章回小说的态度(也可以说是对张恨水的态度)。虽究不知他的真意是否如此,也已很感到欣赏了。因为那个时候,除了"礼拜六派"的遗流,文坛上对我是围剿的。现逢茅盾先生五十寿辰,愧无实在的言语贡献,大胆地追叙起来,引起我们一段神交之始。假如因此得着茅盾先生不客气的指示,我是十分欢迎的。最后以这一纸秀才人情,敬祝茅盾先生健康!

抗战文人素描：老舍

老舍，这是北平朋友最熟的一个人，他姓舒，号舍予，的的括括北平人，关于他八年来的生活，本报所发表的《八方风雨》，已是自我介绍得很清楚，似乎无须再啰嗦了，不过他为人，还可以侧写一番。

他是中等个子，半长圆的脸，尖下巴颏儿，说一口纯粹的京腔，今年也五十几了。他入川后，没作新衣服，由长灰袍、麂皮夹克到西服，全是旧的。人挺和气，什么人也不肯得罪，谈话幽默，演讲也幽默，他的幽默，极为自然。一句随便的话，人家哄堂大笑，他却没事一样，他能玩皮簧，唱老旦，约了和文协某君，在胜利后合唱《钓金龟》，以资庆祝，可是没有实现。

他年来多病，朋友全为他耽心，他自己倒也处之坦然。穷，他不会和其他文人例外，不过到三十二年后，生活安定些，去年还有一笔意外的收入，就是翻译《骆驼祥子》的美国人，送了他二千美金的版税，在去年，以教会外汇折合，合法币一百多万元，这一笔钱，他预备作全家川资回北平的，没想到，去美国讲学了。他太太带着几个孩子，还在去重庆几十公里的北碚。

清明哭二弟

愚男女兄妹六，男四而女二，虽先君见背甚早，而均赖慈帏抚育得以长成。愚居长，于先君弥留之际，慨然以弟妹教育婚嫁自任，而使先君瞑目。时方十七，今日思之，真孟浪也。幸除二弟啸空外，其余皆得以愚稿费而大学毕业。愚初亦非不欲啸空就学，顾吾人丧父时，彼已十三，续读私塾二年后，愚尚无糊口之业，无已，乃就商。然好读杂志小说，尤习《秋水轩尺牍》与《聊斋志异》，商余作柬，典雅可诵，愚甚善之。愚北上后二年，啸空弃商而就愚，愚介之《世界日报》任校对，称职。社长舍我兄善之，使写法庭旁听记，每篇出，如短篇小说，乃成一时日报风气。于是十年，遍任世界日晚报经理编辑两部职务。"七七"时，全家已南下二年，啸空尚携妻儿留平供职，因肺病甚剧，不治死。时日军已入城，友朋皆逃生不遑，由穷戚数家，草草殡殓。后得友人助，葬于扬州义地。其妻儿于南京一日七次警报中，见愚于病榻，愚一恸几绝也。

愚小与啸空同被，后同窗，长复同事，事愚甚恭。其为人豪爽无城府，事母谨，与人无争，一切亦与愚同，故友爱甚笃。且方面大耳，声音洪亮，似可永年，不期竟中道分手。去年北上，愚携束纸壶浆，于荒草乱冢中为之作清明。十年一别，相逢已隔三尺土矣。今年清明，吊之，时正风沙蔽日，旷野萧然，乱坟中两三枯树，鸣其条呼呼有声，状至凄苦。忆儿时与啸空下学时，在校园大树下同打秋千，如昨日事，彼且墓木拱矣，就冢焚纸，低呼啸空名："尔妻儿无恙，知兄来耶？"焚纸酹浆，明知妄诞，然不如是，何以慰我惓惓之思耶？归来莫掩其悲楚，走笔为之记。

燕居夏亦佳

到了阳历七月，在重庆真有流火之感。现在虽已踏进了八月，秋老虎虎视眈眈，说话就来，真有点谈热色变，咱们一回想到了北平，那就觉得当年久住在那儿，是人在福中不知福。不用说逛三海上公园，那里简直没有夏天。就说你在府上吧，大四合院里，槐树碧油油的，在屋顶上撑着一把大凉伞儿，那就够清凉。不必高攀，就凭咱们拿笔杆儿的朋友，院子里也少不了石榴盆景金鱼缸。这日子石榴结着酒杯那么大，盆里荷叶伸出来两三尺高，撑着盆大的绿叶儿，四围配上大小七八盆草木花儿，什么颜色都有，统共不会要你花上两元钱，院子里白粉墙下，就很有个意思。你若是摆得久了，卖花儿的，逐日会到胡同里来吆唤，换上一批就得啦。小书房门口，垂上一幅竹帘儿，窗户上糊着五六枚一尺的冷布，既透风，屋子里可飞不进来一只苍蝇。花上这么两毛钱，买上两三把玉簪花、红白晚香玉，向书桌上花瓶子一插，足香个两三天。屋夹角里，放上一只绿漆的洋铁冰箱，连红漆木架在内，只花两三元钱。每月再花一元五角钱，每日有送天然冰的，搬着四五斤重一块的大冰块，带了北冰洋的寒气，送进这冰箱。若是爱吃水果的朋友，花一二毛钱，把虎拉车（苹果之一种，小的）、大花红、脆甜瓜之类，放在冰箱里镇一镇，什么时候吃,什么时候拿出来,又凉又脆又甜。再不然,买几大枚酸梅,五分钱白糖,煮上一大壶酸梅汤,向冰箱里一镇,到了两三点钟,槐树上知了儿叫得正酣,不用午睡啦,取出汤来,一个人一碗,全家喝他一个"透心儿凉"。

北平这儿,一夏也不过有七八天热上华氏九十度。其余的日子,屋子里平均总是华氏八十来度,早晚不用说,只有华氏七十来度。碰巧下上一阵黄昏雨,晚半晌睡觉,就非盖被不成。所以耍笔杆儿的朋友,在绿阴阴的纱窗下,鼻子里嗅着瓶花香,除了正午,大可穿件小汗衫儿,从容工作。若是喜欢夜生活的朋友,更好,电灯下,晚香玉更香。写得倦了,恰好胡同深处唱曲儿的,奏着胡琴弦子鼓板,悠悠而去。掀帘出望,残月疏星,风露满天,你还会缺少"烟士披里纯"吗?

白门之杨柳

在中国词章家熟用的名词里有"白门柳"这个名称儿。杨柳这样东西，在中国虽是大片土地里有它存在的，可是对于这样东西，却特地联系着成一个专用名词，那实在有点缘故。据我个人在南京得来的经验，是南京的山水风月，杨柳陪衬了它不少的姿态。同时，历代的建筑，离不开杨柳，历代的文献，也离不开杨柳。杨柳和南京，越久越亲密。甚至一代兴亡，都可以在杨柳上去体会。所以《桃花扇》上第一折《听稗》劈头就说："无人处又添几树杨柳。"

南京的杨柳，既大且多，而姿势又各穷其态，在南京曾经住过一个时期的主儿，必能相信我不是夸张。在南京城里，或者还看不到杨柳的众生相，你如果走过南京的四郊，就会觉得扬子江边的杨柳，大群配着江水芦洲，有一种浩荡的雄风，秦淮水上的杨柳两行，配着长堤板桥，有一种绵渺的幽思。而水郭渔村，不成行伍的杨柳，或聚或散，或多或少，远看像一堆翠峰，近看像无数绿幛，鸡鸣犬吠，炊烟夕照，都在这里起落，随时随地是诗意。山地是不适于杨柳的，而南京的山多数是丘陵，又总是带着池沼溪涧，在这里平桥流水之间，长上几株大小杨柳，风景非常的柔媚。这样，就是江南江水了。不但此也，古庙也好，破屋也好，冷巷也好，有那么两三株高大的杨柳，情调就不平凡，这情形也就只有南京极普遍。

杨柳自是点缀春天的植物，其实秋天里在西风下飘零着黄叶，冬天里在冰雪中摇撼枯条，也自有它的情思。而在南京对于杨柳的赞美，毋宁说是夏天。屋子门口，有两株高大的杨柳，绿阴就遮了整个院落。它特别的不挡风，风由拖着长绿条子的活缝里过来，吹拂到人身上，有一种说不出来的舒适。晚上一轮白月，涌上了绿树梢头，照着杨柳堆上的绿浪，在风里摇动，好像无数的绿毛怪兽在跳舞。这还是就家中仅有的杨柳说。如走上一条古老的旧街，鹅卵石的路面，两旁矮矮的土墙店铺，远远的在街头拥上一株古柳，高入云霄，这街头上行人车马稀少，一片蝉声下，撒着一片淡淡的绿阴，这就感到一番古城的幽思。

在南京度过夏天的人，都游过玄武湖，一出了玄武门，就会感到走入了一个清凉世界。而这份清凉，不是面前的湖水和远峙的山峰给予的。正是你一出城门，就踏上一道古柳长堤，柳树顶尽管撑上天，它下垂的柳枝，却是拖靠了地，拂在水面，拂在行人身上。永远透不进日光的绿浪子，四处吹来着水面清风，这里面就不知有夏。我曾在南京西郊上新河，经过半个夏天，我就有一个何必庐山之感。这里唯一给予人清凉的思物，就是杨柳。出汉西门，在一块平原上四周展望，入围在绿城里，这绿城是什么？就是江边的柳林，镇外的柳林。尤其在月下，这四处的柳林，很像无数小山。我住家所在，门前一道子江，水波不兴，江边一排大柳林，大柳林下，青苔铺路就是我家的竹篱柴门，门里一个院落，又是两株大柳树。屋后一口塘，半亩菜又是三棵大柳树。左右邻居，不用说，杨柳和池塘。这一幢三进平房整天都在绿阴里，决没有热到百度的气候。我于这半个夏季里，乃知白门杨柳之多，而又多得多么可爱。

日暮过秦淮

在秋初我就说秋初,这个时候的南京,马路上的法国梧桐和洋槐,正撑着一柄绿油油的高伞。你如是住在城北住宅区,推开窗户,望见疏落的竹林,在广阔的草地里,抹上一片残阳。六点钟将到,半空已没有火焰。走出大门,左右邻居,已开始在马路树阴下溜着水泥路面活动,住宅中间,还不免夹着小花园和菜圃,瓜架上垂着一个个大的黄瓜,秋虫在那里弹着夜之前奏,欢迎着行人。穿上一件薄薄的绸衫,拿了一柄折扇,顺路踏上中山北路,漆着鱼白色的流线型公共汽车,在树阴下光滑的路上停着。你不用排班,更不用争先恐后,可以摇着你手上那柄折扇,缓缓的上车,车中很少没有座位。座椅铺着橡皮椅垫,下面长弹簧,舒适而干净,不少于你家的沙发。花上一角大洋,你还是到扬子江边去兜风呢?还是到秦淮河畔去听曲呢?你爱上哪儿就上哪儿。

我不讳言,十次出门有九次是奔城南,也不光为了报社在那儿,新街口有冷气设备的电影院,花牌楼堆着鲜红滴翠的水果公司,那都够吸引人。尤其是秦淮河畔的夫子庙,我的朋友,几乎是"每日更忙须一至,夜深还自点灯来",总会有机会让你在这里会面。碰头的地点,大概常是馆子里的河厅。有时是新闻圈外的人作主,有时我们也自行聚餐,你别以为这是浪费,在老万全喝啤酒吃的地道南京菜,七八个人不过每人两元的份子。酒醉饭饱,躺在河厅栏杆边的藤椅上，喝着茶嗑着瓜子，迎水风之徐徐，望银河之耿耿，桃叶渡不一定就是古时的桃叶渡，也就够轻松一下子的了。

我们别假惺惺装道学，十个上夫子庙的人，至少有七八个与歌女为友，不过很少人自写供状罢了。南京的歌女，是挂上一块艺人的牌子的，他们当然懂得什么是宣传。所以新闻记者的约会，她们是"惠然肯来"。电炬通明，电扇摇摇之下，她们穿着落红纱衫子，带着一阵浓厚的花香，笑着粉红的脸子，三三两两，加入我们的酒座。我们多半极熟，随便谈着话，还是"履舄交错"。尽管我良心在说，难道真打算作个"《桃花扇》里人"？但是我没有逃席。

九点多钟了，大家出了酒馆，红蓝的霓虹灯光下走上夫子庙前这条街，听着两边的高楼上，弦索鼓板，喧闹着歌女的清唱，看到夜咖啡座的门前，一对对的男女出入，脸上涌出没有灵魂的笑，陶醉在温柔乡里，我们敏感的新闻记者，自也有些不怎么舒适似的。然而我们也不免有时走进大鼓书场，听几段大鼓，或在附近露天花园，打上一盘弹子，一混就是十二点钟，原样的公共汽车，已在站上等候，点着雪亮的车灯，又把你送回城北。那时凉风习习，清露满空，绸衫子已挡不住凉，人像在洗冷水澡。住宅区四周的秋虫，在灯光不及处一齐喧鸣，欢迎你在树的阴影下敲着家门。这样的生活，自然没有炎热，也有点走进了《板桥杂记》。于今回想起来，不能不说一声罪过。自然别人的生活，比这过得更舒适的，而又不忏悔，我们也无法勉强他。

翠拂行人首

　　一条平整的胡同，大概长约半华里吧？站在当街向两头一瞧，中国槐和洋槐，由人家院墙里面伸出来，在洁白的阳光下，遮住了路口。这儿有一列白粉墙，高可六七尺，墙上是青瓦盖着脊梁，由那上面伸到空气里去的是两三棵枣树儿，绿叶子里成球的挂着半黄半红的冬瓜枣儿。树阴下一个翻着兽头瓦脊的一字门楼儿，下面有两扇朱漆红板门，这么一形容，你必然说这是个布尔乔亚之家，不，这是北平城里"小小住家儿的"。

　　这样的房子，大概里面是两个院子，也许前面院子大，也许后面院子大。或者前面是四合院，后面是三合院，或者是倒过一个个儿来，统共算起来，总有十来间房。平常一个耍笔杆儿的，也总可以住上一个独院，人口多的话，两院都占了。房钱是多少呢？当我在那里住家的时候，约莫是每月二十元到三十元；碰巧还装有现成的电灯与自来水。现时在重庆找不到地方落脚的主儿，必会说我在说梦话。

　　就算是梦吧？咱们谈谈梦。北平任何一所房，都有点艺术性，不会由大门直通到最后一进。大门照例是开在一边，进门来拐一个弯，那里有四扇绿油油屏门隔了内外。进了这屏门，是外院。必须有石榴树、金鱼缸，以及夹竹桃、美人蕉等等盆景，都

陈列在院子里。有时在绿屏门角落，栽上一丛瘦竿儿竹子，夏天里竹笋已成了新竹，拂着嫩碧的竹叶，遥对着正屋朱红的窗格，糊着绿冷布的窗户，格外鲜艳。白粉墙在里面的一方，是不会单调的，墙上层照例画着一栏山水人物的壁画。记着，这并不是富贵人家。你勤快一点，干净一点，花极少的钱，就可以办到。

正屋必有一带走廊，也许是落地朱漆柱，也许是乌漆柱，透着一点画意。下两层台阶儿，廊外或者葡萄架，或者是紫藤架，或者是一棵大柳，或者是一棵古槐，总会映着全院绿阴阴的。虽然日光正午，地下筛着碎银片的阳光，咱们依然可以在绿阴下，青砖面的人行路上散步。柳树枝或葡萄藤儿，由上面垂下来，拂在行步人的头上，真有"翠拂行人首"的词意。树枝上秋蝉在拉着断续的嘶啦之声，象征了天空是热的。深胡同里，遥遥的有小贩吆唤着："甜葡萄嘞，嘎嘎枣儿啦，没有虫儿的。"这声音停止了，铛的一声，打糖锣的在门外响着。一切市声都越发的寂静了，这是北平深巷里的初秋之午。

面水看银河

　　早十年吧，每个阴历七月七，我都徜徉在北海公园，有时是一个人，有时有一个伴侣，但至多就是这个伴侣。不用猜，朋友们全知道这伴侣现在是谁。有人说，暮年人总会憧憬着过去的。我到暮年还早，我却不能不憧憬这七夕过去的一幕。当朋友们在机器房的小院坝上坐着纳凉之时，复兴关头的一钩残月正洒出昏黄的光，照着山城的灯光，高高低低于烟雾丛中，隐藏了无限的鸽子笼人家。我们抹着头上的汗，看那满天蕴藏了雨意的白云缝里，吐出一些疏落的星点。大家由希腊神话，说到中国双星故事，由双星故事，说到故乡。空气中的闷热，互相交流了，我念出了几句舒铁云《博望访星》的道白："一水迢遥，别来无恙？三秋飘渺，未免有情。"朋友说，"恨老"最富诗意。我明白，这是说儿女情长。尤其是这个"老"字，相当幽默。然而，更引起我的回忆了。初秋的北海，是黄金时代。进了公园大门，踏上琼岛的大桥，看水里的荷叶，就像平地涌起了一片翠堆。暮色苍茫中，抬头看岛上的撑天古柏老槐，于金红色的云形外，拥着墨绿色的叶子。老鸦三三五五绕了山顶西藏式的白塔，由各处飞回了它的巢，站在伸出怒臂的老枝干上。山上几个黄琉璃瓦的楼阁暗示着这里几度不同的年代，诗意就盎然了。沿了北海的东岸，

109

在高大的老槐树下，走过了两华里路长的平坦大路，游园的人是坐船渡湖的，这里很少几个行人。幽暗暗的林阴下两边假山下的秋虫接续老槐树上的断续蝉声，吱吱喳喳的在里面歌唱。人行路上没有一点浮尘，晚风吹下三五片初黄的槐叶，悄然落在地面。偶然在林阴深处，露出二三个人影，觉得吾道不孤。

大半个圈子走到了北岸。热闹了，沿海子的楼阁前面，全是茶座，人影满空。看前面一片湖水，被荷叶盖成了一碧万顷的绿田，绿田中间辟了一条水道，荡漾着来去的游艇。笑声、桨声、碗碟声、开汽水瓶声，组织成了另一种空气。踅走到极西角，于接近小西天的五龙亭第五亭桥上，我找到一个茶座。这里游人很少，座前就是荷叶，碰巧就有两朵荷花，开得好。最妙的还是有一丛水苇子直伸到脚下。喝过两盏苦茗，发现月亮像一柄银梳，落在对面水上。银河是有点淡淡的影子，繁星散在两岸，抬头捉摸着哪里是双星呢？坐下去，看下去，低声谈下去。夜凉如水，湖风吹得人不能忍受，伴侣加上一件毛线背心。赶快渡海吧，匆匆上了游船，月落了，银河亮了，星光照着荷花世界，人在宁静幽远微香的境界里，飘过了一华里的水面，一路都听到竹篙碰着荷叶声。

这境界我们享受过了，如何留给我们的子孙呢？

奇趣乃时有

"莲花灯，莲花灯，今儿个点了明儿个扔。"在阴历七月十五的这一天，在北平大小胡同里，随处可以听到儿童们这样唱着。这里，我们就可以谈谈莲花灯。

莲花灯，并不是一盏莲花式样的灯，但也脱离不了莲花。它是将彩纸剪成莲花瓣儿，再用这莲花瓣儿，糊成各种灯，大概是兔子、鱼、仙鹤、螃蟹之类。这个风俗，不知所由来，我相信这是最初和尚开盂兰会闹的花样，后来流传到了民间。在七月初，庙会和市场里就有这种纸灯挂出来卖，小孩买了在放着。到了七月十五，天一黑，就点上蜡烛亮着。撑起来向胡同里跑，小朋友们不期而会，总是一大群唱着。人类总是不平等的，这成群的小朋友里，买不起莲花灯的，还有的是。他们有个聊以解嘲的办法，找一片鲜荷叶，上面胡乱插上两根佛香，也追随在玩灯的小朋友之后。这一晚，足可以"起哄"两三小时。但到七月十六，小孩子就不再玩了。家长并没有叮嘱过他们，他们的灯友，也没有什么君子协定，可是到了次日，都要扔掉。北平社会的趣味，就在这里，什么日子，有个什么应景的玩艺，过时不候。若莲花灯能玩个十天半个月，那就平凡了。

为了北平人的"老三点儿"，吃一点儿，喝一点儿，乐一点儿，就无往不造成趣味，趣味里面就带有一种艺术性，北平之使人留恋就在这里。于是我回忆到南都，虽说是卖菜佣都带有六朝烟水气，其实现在已寻不着了。纵然有一点，海上来的欧化气味，也把这风韵吞啮了，而况这六朝烟水气还完全是病态的。就说七月十五烧包袱祭祖，这已不甚有趣味，而城北新住宅区，就很少见。秦淮河里放河灯，未建都以前，照例有一次，而以后也已废除，倒是东西门的老南京，依然还借了祭祖这个机会，晚餐可以饱啖一顿。二十五年的中元节，有人约我向南城去吃祭祖饭，走到夫子庙，兴尽了，我没去。这晚月亮很好，被两三个朋友拖住，驾一叶之扁舟，溯河东上（秦淮西流），直把闹市走尽，在一老河柳的阴下，把船停着，雪白的月亮，照着南岸十竹疏林，间杂些瓜棚菜圃，离开了歌舞场，离开了酒肆茶楼，离开了电化世界，倒觉耳目一新。从前是"蒋山青，秦淮碧"，于今是秦淮黑，但到这里水纵然不碧，却也不黑，更不会臭。水波不兴的上流头，漂来很零落的几盏红绿荷叶灯，似乎前面有人家作佛事将完。但眼看四处无人，虫声唧唧，芦丛柳阴之间，仿佛有点鬼趣，引出我心里一种说不出的滋味。

  第二年的中元节，我避居上新河，乡下人烧纸，大家全怕来了警报，不免各捏一把汗。又想起前一年孤舟之游秦淮，是人间天上了。于今呢？却又让我回忆着上新河！

翁仲揖驴前

在重庆住了七年，大抵夏末秋初，不是亢旱一个时期，就是阴雨一个时期，或者像打摆子一样，两期都有。亢旱暑热得奇怪，阴雨是箱子由里向外长霉，不下于江南的黄梅时节。这让我们回想到江南的秋高气爽，提笔有点悠然神往。

一叶知秋，梧桐是最先怕西风的树。当南京马路两旁的梧桐，叶子变成苍绿色的时候，西风摇撼着的树，瑟瑟有声。大日光下，一片小扇面儿似的梧桐叶，飘然会落在你坐的人力车上。抬头看看，那正是初期作家最爱形容的月景，"蔚蓝的天空"。天脚下，闲闲地点缀几片白云。太阳晒在头上，不热，风吹在身上又不凉，这就很能引起人的郊游之思。

在中山东路，花两角大洋，可以搭上橡皮坐垫的游览车。车子出中山门，先顺京沪国道，在水泥路面，滑上孝陵街，然后兜半个圈子，经伟大的体育场，在小山岗上，在小谷里，到达谭基口，中山陵的东端。下了公共汽车，先有一阵草里的秋虫声，欢迎着游客。虽然是郊外，路面修理得那样光滑而整洁，好像有灰布盖着的，在重庆城里决挑选不出来这样的一段路。顺路走向中山陵下，在树阴下豁然开朗，白石面的广场，树立着白色的牌坊。向北看十余丈宽的场面，无数的玉石台阶，层层而起，雄丽整洁，直伸入半云。最上层蓝色琉璃瓦的寝殿屋角一方翘起，寝殿后的紫金山，穿着毛茸茸的苍绿秋袍，巍峨天际，三方拥抱了这寝殿，永护着中山先生在天之灵。在南方的小山岗，一层一层的铺排着。若是走在这台阶半中间向下俯瞰，便觉着有万象朝宗之况。描写中山陵的文章太多了，这里座谈无需多说。谒陵以后，你若是嫌山苍深处的谭基园林，反而游人太多，可以去那游人较少的李陵。碰巧在公路之外，遇到几个赶牲口的，骑上小毛驴，踏着深草荒径，望了绿森森树林外一堵红墙走去。你在天高日晶之下，北仰高峰，南望平陵，鞭外的松涛，蹄下的草色，自然有一种苍苍莽莽的幽思。这里也无须去形容李陵风景。李陵外，野茶馆里，面对了山野，喝上了一壶茶，吃几个茶盐蛋，消磨了半天。在一抹斜阳之外，骑驴回去，走上荒草疏林，路边一对一对的大翁仲，拱着大袖子，抱了石笏，对你拱立。他不会说话，但在他的面容上，石痕斑剥，已告诉你五百年前，他已饱经沧桑了。假如你是个诗人，是个画家，是个文人，这一次你就不会白跑。

归路横星斗

"悄立市桥人不识，一星如月看多时。"黄仲则在北京度他那可怜的除夕，他用着这个姿态出现。在那寒风凛冽的桥上看星星过年，这不是个乐子。可是在初秋的夜里，我依然感到在北平看星星，还是件很有诗意的事。任何一个初秋，在前门外大街，听过了两三个小时的京戏，满街灯火了，朋友约着，就在大栅栏附近，吃个小馆儿。馅饼周的馅饼，全聚德的烤鸭，山西馆的猫耳朵（面食之一），正阳楼的螃蟹，厚德福的核桃腰、瓦片鱼，恩成居的炒牛肉丝、炒鳝鱼丝，都会打动你的食欲。两三个人，花两三元钱，上西升平洗个单独房间的澡。我就爱顺便走向琉璃厂，买两本书或者采办点文具。

琉璃厂依然保持了纯东方色彩的建筑，不怎么高大的店房，夹着一条平整的路。街灯稀稀落落，照着街上有点光。可是抬起头来，满天的星斗，盖住了市面，电灯并不碍星光的夜景，两面的南纸店、书店、墨盒店、古董店一律上了玻璃门，里面透出灯光来，表示他们还在作夜市。街上从容的走着人，没有前门外那些嘈杂的声浪，静悄悄的、平稳稳的，一阵不大的西风刮过，由店铺人家院子里吹来几片半焦枯的槐叶。这夜市不可爱吗？有个朋友说："在北平，单指琉璃厂，就是个搜刮不尽的艺

术宝库。"此话诚然。而妙在这艺术的宝库就是这样肃穆的。这里尽管作买卖，尽管作极大价钱的买卖，而你找不出市侩斗争的面目，所以我爱上琉璃厂买东西。掀开南纸店玻璃门外的蓝布帘儿，在店伙"您来了，今天要点儿什么"的欢迎笑语中，买点儿纸笔出门，夜色就深了。"酱牛肉！"一种苍老的声音吆唤传来。这是琉璃厂夜市唯一的老小贩的声音。他几十岁了，原是一位"绿林老英雄"，洗手不干三四十年，专卖酱牛肉，全琉璃厂的人认得他。我每次夜过琉璃厂，我总听见这吆唤声，给我的印象最深。在他的吆唤声中，更夫们过来了，剥剥，彭彭，剥剥，彭彭！梆锣响着二更。一只灯笼，两个人影，由街檐下溜进小胡同去。由此向西，到了和平门大街了，路更宽，路灯也更稀落，而满天的星斗，却更明亮。路旁两三棵老柳树，树叶筛着西风，瑟瑟有声。"酱牛肉！"那苍老的声音，还自遥遥而来。我不坐车，我常是在星光下转着土面的冷静胡同走回家去。星光下两棵高入云霄的老槐，黑巍巍的影子，它告诉我那是家。我念此老人，我念此槐树，我念那满天星斗！

秋意侵城北

中秋快来了,在北平老早给我们一个报信的,是泥塑兔儿爷,而在南京呢?却是大香斗。虽然大香斗摆列在香烛店柜台上,不如兔爷摆在每条胡同儿的零食摊上,那样有趣。但在我们看到大香斗之后,似乎就有一种"烟士披里纯",钻进文字匠人的脑子。中国的节令,没有再比中秋更富于诗意的。它给人以欢乐,它给人以幽思,它给人以感慨,甚至它给人以悲哀,所以看到大香斗之后,因着各人的环境之不同,也就会各有各的感想。

天气是凉了,长江大轮的大餐间,把在庐山避暑的先生太太小姐们,一批一批的载回南京。首先是电影院表示欢迎之忱,在报上登着放映广告。其次是水果公司,将北方的砀山梨、良乡栗、天津葡萄,南方的新会柚子、台湾香蕉、怀远石榴,五颜六色,陈列在铺面平架上。自然,这些玩意儿,上海更多更好,可是在上海里表现着,在空气里缺少那么一点儿悠闲滋味。譬如,太平路花牌楼是最热闹地区了,但你经过那里,你也不会感到动乱,街两旁的法国梧桐和刺槐,零落的飘着秋叶儿,人行路上,有树阴而树阴不浓,我们披一件旧绸衫,穿一双软底鞋,顺着水泥路面溜达。在清亮而柔和的阳光下,街上虽有几个汽车跑来跑去,没有灰土,也没有多大声音，在街这边瞧见街那边的朋友，招招手就可以同行在一处，只有北平的王府井大街、成都的春熙路可相仿佛。上海的霞飞路也会给人一点秋意的，然而洋气太重。

我必须歌颂南京城北，它空旷而萧疏，生定了是合于秋意的。过了鼓楼中山北路，带着两行半黄半绿的树影划破了广大的平畴，两旁有三三五五的整齐房屋，有三三五五的竹林，有三三五五的野塘，也有不成片段的菜圃和草地。东面一列城墙，围抱了旧台城鸡鸣寺，簇拥着一丛树林和一角鼓楼小影，偶然会有一声奇钟的响声，当空传来。钟山的高峰，远远在天脚下，俯瞰着这一片城池。在城里看到不多的山，这是江南少有的景致。（重庆的山近了，又太多了，不知怎么着，没有诗意。）城墙是大美观玩意儿，而台城这一段墙，却在外看（后湖）也好，在里看也好，难道我有一点偏见吗？

三牌楼一带，当然是一般人最熟识的地方，而那附近就保存不少老南京意味。湖北路北段，一条小马路，在竹林里面穿过来，绕一个弯儿到丁家桥，俨然在郊外到了一个市镇。记不得是哪个方向，那里有家茶馆，门口三株大柳树，高入云霄，门临着一片敞地，半片竹林。我和她散步有点倦，就常在这里歇腿，泡一壶清茶（安徽毛尖），清坐一会，然后在附近切两角钱盐水鸭子，包五分钱椒盐花生米，向门口烧饼桶上买两三个朝排子烧饼，饱啖一顿，才买一把桂花，在一段青草沿边的水泥马路上，顺了槐柳树影，踏着落叶回家。

风飘果市香

"已凉天气未寒时",这句话用在江南于今都嫌过早,只有北平的中秋天气,乃是恰合。我于北平中秋的赏识,有些出人意外,乃是根据"老妈妈大会""奶奶经"而来,喜欢夜逛"果子市"。逛果子市的兴趣,第一就是"已凉天气未寒时"。第二是找诗意。第三是"起关"。第四是"踏月"。直到第五,才是买水果。你愿意让我报告一下吗?

果子市并不专指哪个地方,东单(东单牌楼之简称,下仿此)、西单、东四、西四。东四的隆福寺、西四的白塔寺、北城的新街口、南城的菜市口,临时会有果子市出现。早在阴历十三的那天晚半晌儿,果子摊儿就在这些地方出现了。吃过晚饭,孩子们就嚷着要逛果子市。这事交给他们姥姥或妈妈吧。我们还有三个斗方名士(其实很少写斗方),或穿哔叽西服,或穿薄呢长袍,在微微的西风敲打院子里树叶声中,走出了大门。胡同里的人家白粉墙上涂上了月光,先觉得身心上有一番轻松意味,顺步遛到最近一个果子市,远远地就嗅到一片清芬(仿佛用清香两字都不妥似的)。到了附近,小贩将长短竹竿儿,挑出两三个不带罩子的电灯泡儿,高高低低,好像在街店屋檐外,挂了许多水晶球,一片雪亮。在这电光下面,青中透白的鸭儿梨,堆山似的,

放在摊案上。红嘎嘎枣儿、紫的玫瑰葡萄、淡青的牛乳葡萄，用箩筐盛满了，沿街放着。苹果是比较珍贵一点儿的水果，像擦了胭脂的胖娃娃脸蛋子，堆成各种样式，放在蓝布面的桌案上。石榴熟得笑破了口，露出带醉的水晶牙齿，也成堆放在那里。其余是虎拉车（大花红）、山里红（山楂）、海棠果儿，左一簸箕，右一筐子。一堆接着一堆，摆了半里多路。老太太、少奶奶、小姐、孩子们，成群的绕了这些水果摊子，有点儿人挤，但并不嘈杂，因为根本这是轻松的市场。大半边月亮在头上照着，不大的风吹动了女人的鬓发。大家在这环境里斯斯文文的挑水果，小贩子冲着人直乐，很客气地说："这梨又脆又甜，你不称上点儿？"我疑心在君子国。

哪里来的这一阵浓香，我想。呵！上风，有个花摊子，电灯下一根横索，成串的挂了紫碧葡萄还带了绿叶儿，下面一只水桶，放了成捆的晚香玉和玉簪花，也有些五色马蹄莲。另一只桶，飘上两片嫩荷叶，放着成捆的嫩香莲和红白莲花，最可爱的是一条条的藕，又白又肥，色调配得那样好看。

十点钟了，提了几个大鲜荷叶包儿回去。胡同里月已当顶，土地上像铺了水银。人家院墙里伸出来的树头，留下一丛丛的轻影，面上有点凉飕飕，但身上并不冷。胡同里很少行人，自己听到自己的脚步响，呼呼呜呜，不知是哪里送来几句洞箫声。我心里有一首诗，但我捉不住她，她仿佛在半空中。

顽萝幽古巷

我在南京时，住在城北。因为城北的疏旷、干燥、爽达，比较适于我的性情。虽然有些地方，过分的欧化（其实是上海化），是为了城市山林的环境，尚无大碍。我们有一部分朋友，却是爱城南住城南的。还记得有两次，慧剑兄在《朝副》上，发表过门东门西专刊，字里行间，憧憬着过去的旧街旧巷，大有诗意。因此，我也常为着这点诗意，特地去拜访城南朋友。还有两次，发了傻劲，请道地南京文人张苹庐兄导引，我游城南冷街两整天。我觉得不是雨淋泥滑，在秋高气爽之下，那些冷巷的确也能给予我们一种文艺性的欣赏。

我必须声明，这欣赏绝不是六代豪华遗迹，也不是六朝烟水气。它是荒落、冷静、萧疏、古老、冲淡、纤小、悠闲。许许多多，与物质文明巨浪吞蚀了的大半个南京，处处对照，对照得让人感到十分有趣。我们越过秦淮河，把那些王谢燕子所迷恋的桃叶渡、乌衣巷，抛在顶后面（那里已是一团糟，词章里再不能用任何一个美丽的字样去形容了）。虽在青天白日之下，整条的巷子，会看不到十个以上的行人（这是绝对的），房子还保守了朱明的建筑制度，矮矮的砖墙，黑黑的瓦脊，一字门楼儿，半掩半开着，夹巷对峙。巷子里有些更矮更小的屋子，那或者是小油盐杂货店，或者是卖热水的老虎灶，那是这种地方，唯一动乱着而有功利性斗争的所在。但恰巧巷口上就有一所关着大门的古庙，淡红色的墙头，伸出不多枝叶的老树干，冲淡了这功利气氛。

这里的巷子，老是那么窄小，一辆黄包车，就塞满了三分之二的宽度，可是它又很长，在巷这头不会看到巷那头。大都是鹅卵石铺了地面，中间一条青石板行人路，便利着穿布鞋的中国人。更往南一路，人家是更见疏落，处处有倒坍了屋基的敞地，那里乱长着一片青草。可是它繁华过的，也许是明朝士大夫宅第，也许是太平天国的王府。在这废基后面，兀立着一棵古槐，上面有三五只鸦雀噪叫着，更显得这里有点兴亡意味。

有一次我去白鹭洲，走错了方向，踏上了向西门一条古巷。两旁只有四五个紧闭了的一字门，乱砖砌的墙，夹了这巷子微弯着。两面墙头上密密层层的盖住了苍绿叶子的藤蔓，在巷头上相接触。藤萝的杆子，其粗如臂，可知道它老而顽固。那藤蔓又不整齐，沿了墙长长短短向下垂着阻碍着行人衣帽，大概是这里很少行人的缘故，到墙脚下的青苔，向上铺展，直绿到墙半腰。有些墙下，长着整丛的野草，却与行人路上石板缝里的青草相连。这样，这巷子更显得幽深了，这里虽没有一棵树、一枝花，及任何风景陪衬，但我在这里徘徊了二十分钟。

乱苇隐寒塘

在三十年前的京华游记上，十有七八，必会提到陶然亭。没到过北平的人，总以为这里是一所了不起的名胜。就以我而论，在作小孩子的时候，就在小说上看到了陶然亭，把它当了西湖一般的心向往之。及至我到了故都，不满一星期，我就去拜访陶然亭，才大为失望。这倒也不是说那里毫无可取，只是盛名之下，其实难副罢了。

然则陶然亭何以享有这大的盛名？这有点原故：第一，在帝制时代，北京的一切伟大建筑、宫殿园林，全未开放，供给墨客骚人欣赏的地方，可以说等于没有，只有二闸、什刹海、菱角坑、陶然亭几处有天然风景的地方，聊可一顾，而陶然亭是更好一点。第二，各胜的流传，始终赖于我们这支笔的夸大，这是我们值得自傲的。北京的南镇，是当年上京求名的举子麇集之处，他们很容易走向那里，所以天南地北的举子，把这个名字带到八方。第三，我看过一百多年前的一张《江亭览胜图》，上面所写的陶然亭，水土萧疏，实在也不坏。古人赏鉴着，后人跟着起哄，陶然亭虽非故我，那盛名是不朽的。

那么，现在的陶然亭怎么样呢？这里，我应当有个较简明的介绍。它在内城宣武门外，外城永定门内，南下洼子以南。那里没有人家，只是旷野上，一片苇塘子，有几堆野坟而已。长芦苇的低地，不问有水无水，北人叫着苇塘子。春天是草，夏天像高粱地，秋天来了，芦苇变成了赭黄色。芦苇叶子上，伸出杆子，上面有成球的花。花被风一吹，像鸭绒，也像雪花，满空乱飞。苇丛中间，有一条人行土路，车马通行，我们若是秋天去，就可以在这悄无人声漫天晴雪的环境里前往。

陶然亭不是一个亭子，是一座庙宇，立在高土坡上。石板砌着土坡上去。门口有块匾，写了"陶然亭"三个字。是什么庙？至今我还莫名其妙。为什么又叫江亭呢？据说这是一个姓江的人盖的，故云，并非江边之亭也。二十年前，庙里还有些干净的轩树，可以歇足。和尚泡一壶茶末，坐在高坡栏杆边，看万株黄芦之中，三三两两，伸了几棵老柳。缺口处，有那浅水野塘，露着几块白影。在红尘十丈之外，却也不无一点意思。北望是人家十万，雾气腾腾，其上略有略无，抹一带西山青影。南望却是一道高高的城墙，远远两个箭楼，立在白云下，如是而已。

我在北平将近二十年，在南城几乎勾留一半的时间，每当人事烦扰的时候，常是一个人跑去陶然亭，在芦苇丛中，找一个野水浅塘，徘徊一小时，若遇到一棵半落黄叶的柳树，那更好，可以手攀枯条，看水里的青天。这里没有人，没有一切市声，虽无长处，洗涤繁华场中的烦恼，却是可能的。

入雾嗟明主

在二十五年前，我每次到南京，朋友们就怂恿着去瞻仰明故宫，只是那时的行程，都是到上海或去北京，行旅匆匆，不过在下关勾留一二日，没有工夫，跑到这很远地方去。加之我听到人说，那里仅仅是一片废墟，什么也看不到，尽管我青年时代，是个平平仄仄迷惑了的中毒书生，穷和忙，哪许可我去替古人掉泪。

二十四年，我由北平迁家南京，住在唱经楼，到明故宫相当的近，加之那是中央医院所在地，自己害病，家里人生病，就时常去到明故宫的面前来，这真是一个名儿了，马蹄栏杆里，一片平地，直到远远的枣树角，有一城墙和树木挡住了视线。平地中央，还有一个倒坍了的宫门，像城门洞子，作了故宫的标志。水泥面的飞机场，机场是停着大号的邮航机，比翼双栖的和那一角宫门，作了一个划时代的对照。朱元璋登基，在南京大兴土木，建筑宫阙的时候，他决不会有这样一个梦。

明故宫的北端，是中山东路，往中山陵游览区，是必经之地，所以晴天、雨淋、月下、雪地，我都来过。印象最深的，应该是雨天，我那因抗战环境而夭折了的第二个男孩，小庆儿，在中央医院治过伤寒病。我遏止不住我的舐犊深情，百忙中抽空上医院看他两次。是深秋了，满城下着如烟的重阳风雨，那时，我行头还不多，穿着橡皮雨衣，缩着肩膀，两手插在雨衣袋里，脚下蹬着胶鞋，踏了中山东路的水泥路面，急步前行，路边梧桐叶上的积水，蚕豆般大，打在我帽子上，有时雨就带下一片落叶，向我扑打。明故宫那片敞地，埋在烟雨阵里，模糊不清。雨卷了烟头子，成了寒流，向我脸上吹，我有个感想，因为像是一个不吉之兆，赶快的奔医院。

看到了孩子，结果体温大减，神智很清。我很高兴离了医院，我有心领略雨景了。那片敞地，始终在雨阵里。那角宫门，有一个隐隐的长圆影，立在地平上，门洞上，原光有几棵小树，像村妇戴着菜花，蓬乱不成章法。然而这时好看了，它在风丝雨片里，它有点妩媚，有点洒落，衬着这宫门并不单调。远处一片小林，半环高城，那又是一个令人迷恋的风光。再看西南角南京的千门万户，是别一个区域了。明太祖皇帝，他没想到剩下这劫余的宫门，供我雨中赏鉴，人不谓是痴汉吗？身外之物，谁保持过了百年？费尽心血，过分的囤积干什么？就是我也有点痴。冒雨看孩子的病，不管我自己。于今孩子死了五年了，我哀怜他，而我还觉我痴。

当年雨中雄峙三层高楼的中央医院，不知现在如何？又是重阳风雨了！

听鸦叹夕阳

北平的故宫、三海和几个公园，以伟大壮丽的建筑，配合了环境，都是全世界上让人陶醉的地方。不用多说，就是故宫前后那些老鸦，也充分带着诗情画意。

在秋深的日子，经过金鳌玉𬯎桥，看看中南海和北海的宫殿，半隐半显在苍绿的古树中。那北海的琼岛，簇拥了古槐和古柏，其中的黄色琉璃瓦，被偏西的太阳斜照着，闪出一道金光。印度式的白塔，伸入半空，四周围了枒丫的老树干，像怒龙伸爪。这就有千百成群的乌鸦，掠过故宫，掠过湖水，掠过树林，纷纷飞到这琼岛的老树上来，远看是黑纷腾腾，近听是呱呱乱叫，不由你不对了这些东西，发生了怀古之幽情。

若照中国词章家的说法，这乌鸦叫着宫鸦的。很奇怪，当风清日丽的时候，它们不知何往？必须到太阳下山，它们才会到这里来吵闹。若是阴云密布，寒风瑟瑟，便终日在故宫各个高大的老树林里，飞着又叫着。是不是它们最喜欢这阴暗的天气？我们不得而知。也许它们讨厌这阴暗天气，而不断地向人们控诉。我总觉得，在这样的天气下，看到哀鸦乱飞，颇有些古今治乱盛衰之感。真不知道当年出离此深宫的帝后，对于这阴暗黄昏的鸦群作何感想？也许全然无动于衷。

北平深秋的太阳，不免带几分病态。若是夕阳西下，它那金紫色的光线，穿过寂无人声的宫殿，照着红墙绿瓦也好，照着这绿的老树林也好，照着飘零几片残荷的湖淡水也好，它的体态是萧疏的，宫鸦在这里，背着带病色的太阳，三三五五，飞来飞去，便是一个不懂诗不懂画的人，对了这景象，也会觉得是衰败的象征。

一个生命力强的人，自不爱欣赏这病态美。不过在故宫前，看到夕阳，听到鸦声，却会发生一种反省，这反省的印象给予人是有益的。所以当每次经过故宫前后，我都会有种荆棘铜驼的感慨。

风檐尝烤肉

有人吃过北平的松柴烤肉吗？现在街头上橙黄橘绿，菊花摊子四处摆着，尝过这异味的人，就会对北平悠然神往。

据传说，松柴烤牛肉，那才是真正的北方大陆风味，吃这种东西，不但是尝那个味，还要领略那个意境。你是个士大夫阶级，当然你无法去领略。就是我在北平作客的二十年，也是最后几年，变了方法去尝的，真正吃烤肉的功架，我也是"仆病未能"。那么，是怎么个情景呢？说出来你会好笑的。

任何一条马路上，有极宽的人行路，这路总在一丈开外，在不妨碍行人的屋檐下，有些地方，是可以摆着浮摊的。这卖烤牛肉的炉灶，就是放置在这种地方。无论这炉灶属于大馆子小馆子或者饭摊儿，布置全是一样。一个高可三尺的圆炉灶，上面罩着一个铁棍罩子，北方人叫着甑（读如赠），将二三尺长的松树柴，塞到甑底下去烧。卖肉的人，将牛羊肉切成像牛皮纸那么薄，巴掌大一块（这就是艺术），用碟儿盛着，放在柜台或摊板上，当太阳黄黄儿的，斜临在街头，西北风在人头上瑟瑟吹过，松火柴在炉灶上吐着红焰，带了缭绕的青烟，横过马路。在下风头远远的嗅到一种烤肉香，于是有这嗜好的人，就情不自禁的会走了过去，叫一声："掌柜的，来两碟！"这里炉子四周，围了四条矮板凳，可不是坐着的，你要坐着，是上洋车坐车踏板，算来上等车了。你走过去，可以将长袍儿大襟一撩，把右脚踏在凳子上。店伙自会把肉送来，放在炉子木架上。另外是一碟葱白，一碗料酒酱油的掺合物。木架上有竹竿作的长棍子，长约一尺五六。你夹起碟子里的肉，向酱油料酒里面一和弄，立刻送到铁甑的火焰上去烤烙。但别忘了放葱白，去掺合着，于是肉气味、葱气味、酱油酒气味、松烟气味，融合一处，铁烙罩上吱吱作响，筷子越翻弄越香。

你要是吃烧饼，店伙会给你送一碟火烧来。你要是喝酒，店伙给你送一只杯子，一个三寸高的小锡瓶儿来，那时你左脚站在地上，右脚踏在凳上，右手拿了长筷子在甑上烤肉，左手两指夹了锡瓶嘴儿，向木架子上杯子里斟白干，一筷子熟肉送到口，接着举杯抿上一口酒，那神气就大了。"虽南面王无以易也！"

趣味还不止此，一个甑，同时可以围了六七个人吃。大家全是过路人，谁也不认识谁。可是各人在甑上占一块小地盘烤肉，有个默契的君子协定，互不侵犯。各烤各的，各吃各的。偶然交上一句话："味儿不坏！"于是作个会心的微笑。吃饱了，人喝足了，在店堂里去喝碗小米稀饭，就着盐水疙瘩，或者要个天津萝卜啃，浓腻了之后再来个清淡，其味无穷。另有个笑话，不巧，烤肉时，站在下风头，炉子里松烟，可向脸上直扑，你得时时闪开，去揉擦眼泪水儿。可是一面揉眼睛，一面夹长筷子烤肉，也有的是，那就是趣味吗！

这样说来，士大夫阶级，当然尝不到这滋味。不，顺直门里烤肉宛家的灰棚里，东安市场东来顺三层楼上，前门外正阳楼院子里，也可以烤肉吃。尤其是烤肉宛家，每到夕阳西下，喝小米稀饭的雅座里，可以搬出二三十件狐皮大衣，自然，那灰棚门口，停着许多漂亮汽车。唉！于今想来，是一场梦。

碗底有沧桑

"上夫子庙吃茶"（读作错平声），这是南京人趣味之一。谈起真正的吃茶趣味，要早，真要夫子庙畔，还要指定是奇芳阁六朝居这四五家茶楼。你若是个要睡早觉的人被朋友们拉上夫子庙去吃回茶，你真会感到得不偿失。可是有人去惯了，每早不去吃二三十分钟茶，这一天也不会舒服，这就是我上篇《风檐尝烤肉》的话，这就是趣味吗！

这里单说奇芳阁吧，那是我常去的地方，我也只有这里最熟。这一家茶楼，面对了秦淮河（不管秦淮碧或黑，反正字面是美的），隔壁是夫子庙前广场，是个热闹中心点。无论你去得多么早，这茶楼上下，已是人声哄哄，高朋满座。我大概到的时候，是八点钟前，七点钟后，那一二班吃茶的人，已经过瘾走了。这里面有公务员与商人，并未因此而误他的工作，这是南京人吃茶的可取点。我去时当然不止一个人踏着那涂满了"脚底下泥"的大板梯，上那片敞楼。在桌子缝里转个弯，奔上西角楼的突出处，面对了楼下的夫子庙坐下。始而因朋友关系，无所谓来这里，去过三次，就硬是非这里不坐。四方一张桌子，漆是剥落了，甚至中间还有一条缝呢。桌子有的是茶碗碟子、瓜子壳、花生皮、烟卷头、茶叶渣，那没关系。过来一位茶博士，风卷残云,把这些东西搬了走,肩上抽下一条抹布,立刻将桌面扫荡干净。他左手抱了一叠茶碗,还连盖带茶托,右手提了把大锡壶来。碗分散在各人前,开水冲下碗去,一阵热气,送进一阵茶香,立刻将碗盖上,这是趣味的开始。桌子周围有的是长板凳方几子,随便拖了来坐,就是很少靠背椅,躺椅是绝对没有。这是老板整你,让你不能太舒服而忘返了。你若是个老主顾,茶博士把你每天所喝的那把壶送过来,另找一个杯子,这壶完全是你所有。不论是素的、彩花的、瓜式的、马蹄式的,甚至缺了口用铜包着的,绝对不卖给第二人。随着是瓜子、盐花生、糖果、纸烟篮、水果篮,有人纷纷的提着来揽生意,卖酱牛肉的,背着玻璃格子,还带了精致的小菜刀与小砧板。"来六个铜板的。"座上有人说。他把小砧板放在桌上,和你切了若干片,用纸片托着,撒上些花椒盐。此外,有我们永远不照顾的报贩子,自会送来几份报。有我们永远不照顾的眼镜贩或带子贩钢笔贩,他们冷眼的擦身过去,于是桌上放满了花生、瓜子、纸烟等类了,这是趣味的继续。这里有点心、牛肉锅贴、菜包子、各种汤面,茶博士一批批送来。然而说起价钱,你会不相信,每大碗面,七分而已。还有小干丝,只五分钱。熟的茶房,肯跑一趟路,替你买两角钱的烧鸭,用小锅再煮一煮。这是什么天堂生活!

  我不能再写了,多写只是添我伤感。我们每次可以在这里会到所要会的朋友,并可以在这里商决许多事业问题,所耗费的时间是半小时上下,金钱是一元上下,这比万元请客一次,其情况怎样呢?在后方遇到南京朋友,也会拉上小茶馆吃那毫无陪衬的沱茶,可是一谈起夫子庙,看着茶碗,大家就黯然了。

听说奇芳阁烧掉之后,又重建了。老朋友说:"回到南京的第二天早上,我们就在那里会面吧!""好的!"可是分散日子太久,有些老朋友已经永远不能见面了。

盛会思良友

在南京当新闻记者的时候，我们二三十个朋友，另外成了一群。以年龄论，这一群人，由四十多岁到十几岁；以职业论，由社长到校对，可说是极平等忘年又忘形的一个集合。这个集合，并没有哪个任联络员，也没有什么条例规定，更没有什么集会的场合与时间。可是这一群人，每日总有三四个人或七八个人，在一处不期而会，简直是金圣叹那话："毕来之日为少，非甚风雨，而尽不来之日亦少。"（见《水浒》金伪托施耐庵序）会面的地方，大概不外四五处，夫子庙歌场或酒家、党公巷汪剑荣家（照相馆主人，亦系摄影记者）、城北湖北路医生叶古红家、新街口酒家、中正路《南京人报》或《华报》、中央商场绿香园。除了在酒家会面，多半是受着人家招待而外，其余都是互为宾主，谁高兴谁就掏钱，谁没钱也就不必虚谦，叨扰过之后，尽管扬长而去。反正谁掏得出钱谁掏不出钱，大家明白，毋须做样。

这种集合，都在业余，我们也并不冒犯"群居终日，言不及义"的嫌疑。若不受招待，那就人多了，闹酒是必然的举动，我在座，有时实在皱了眉感到不像话，常是把醉人抬出酒家，用黄包车拖了回去。可是这个醉人，明日如有集会场合，还照来一次。自然这就噱头很多，如黄社长在大三元向歌女发脾气，踢翻了席面（有大闹狮子楼的场面，非常火炽），巨头记者在皇后酒家，用英语代表南京记者演说之类，你常思之十日，不能毕其味。

说到别的集会呢，或者是喝杯酽茶，吃几个烧饼，或者吃顿便饭，或者听一场大鼓书，或者来一段皮簧。自然，有人会邀着打一场麻将。但一打麻将，是另一种局面，至少像我这种人，就告退了。有时，偶然也会风雅一点，如邀伴到后湖划船，在莫愁湖上联句作诗之类，只是这带酸味的玩意，年轻朋友，多半不来。这里面也免不了女性点缀，几个文理相当通的歌女，随着里面叫干爹叫老师，年轻的几位朋友，索性和歌女拜把子。哄得厉害！但我得声明一句，他们这关系完全建筑在纯洁的友谊上。有铁一般的反证，就是我们既无钱也无地位。

我们也有几个社外社员（因为他们并非记者），如易君左、卢冀野、潘伯鹰等约莫六七位朋友也喜欢加入我们这集会。大概以为我们这种玩法，虽属轻松，却不下流。所以我们流落在重庆的一部分朋友，谈到了往事，都感到盛会不常，盛筵难再，何以言之！因为这些朋友，有的死了，有的不知消息了，有的穷得难以生存了。

黄花梦旧庐

晚上作了一个梦，梦见七八个朋友，围了一个圆桌面，吃菊花锅子。正吃得起劲，不知为一种什么声音所惊醒。睁开眼来，桌上青油灯的光焰，像一颗黄豆，屋子里只有些模糊的影子。窗外的茅草屋檐，正被西北风吹得沙沙有声。竹片夹壁下，泥土也有点窸窣作响，似乎耗子在活动。这个山谷里，什么更大一点的声音都没有，宇宙像死过去了。几秒钟的工夫，我在两个世界。我在枕上回忆梦境，越想越有味，我很想再把那顿没有吃完的菊花锅子给它吃完。然而不能，清醒白醒的，睁了两眼，望着木窗子上格纸柜上变了鱼肚色。为什么这样可玩味，我得先介绍菊花锅子。这也就是南方所说的什锦火锅。不过在北平，却在许多食料之外，装两大盘菊花瓣子送到桌上来。这菊花一定要是白的，一定要是蟹爪瓣。在红火炉边，端上这么两碟东西，那情调是很好的。要说味，菊花是不会有什么味的，吃的人就是取它这点情调。自然，多少也有点香气。

那么不过如此了，我又何以对梦境那样留恋呢？这就由菊花锅想菊花，由菊花想到我的北平旧庐。我在北平，东西南北城都住过，而我择居，却有两个必须的条件：第一，必须是有树木的大院子，还附着几个小院子；第二，必须有自来水。后者，为了是我爱喝好茶；前者，就为了我喜欢栽花。我虽一年四季都玩花，而秋季里玩菊花，却是我一年趣味的中心。除了自己培秧，自己接种。而到了菊花季，我还大批的收进现货。这也不但是我，大概在北平有一碗粗茶淡饭吃的人，都不免在菊花季买两盆"足朵儿的"小盆，在屋子里陈设着。便是小住家儿的老妈妈，在大门口和街坊聊天，看到胡同里的卖花儿的担子来了，也花这么十来枚大铜子儿，买两丛贱品，回去用瓦盆子栽在屋檐下。

北平有一群人，专门养菊花，像集邮票似的，有国际性，除了国内南北养菊花互通声气而外，还可以和日本养菊家互换种子，以菊花照片作样品函商。我虽未达这一境界，已相去不远，所以我在北平，也不难得些名种。所以每到菊花季，我一定把书房几间屋子，高低上下，用各种盆子，陈列百十盆上品。有的一朵，有的两朵，至多是三朵，我必须调整得它可以"上画"。在菊花旁边，我用其他的秋花、小金鱼缸、南瓜、石头、蒲草、水果盘、假古董（我玩不起真的），甚至一个大芜菁，去作陪衬，随了它的姿态和颜色，使它形式调和。到了晚上，亮着足光电灯，把那花影照在壁上，我可以得着许多幅好画。屋外走廊下，那不用提，至少有两座菊花台（北平寒冷，菊花盛开时，院子里已不能摆了）。

我常常招待朋友，在菊花丛中，喝一壶清茶谈天。有时，也来二两白干，闹个菊花锅子，这吃的花瓣，就是我自己培养的。若逢到下过一场浓霜，隔着玻璃窗，看那院子里满地铺了槐叶，太阳将橘树影子，映在窗纱上，心中干净而轻松，一杯在手，群芳四绕，这情调是太好了，你别以为我奢侈，一笔所耗于菊者，不超过二百元也。写到这里,望着山窗下水盂里一朵断茎"杨妃带醉",我有点黯然。

窥窗山是画

南京是个城市山林，所以袁子才有"爱住金陵为六朝"的句子。若说住金陵为的是六朝那种江南靡靡不振的风气，那我们自然是未敢苟同；但说此地龙盘虎踞之下，还依然秀丽可爱，却实在还不愧是世界上一个名都。就我所写的两都本身而言（这里不涉及政治问题），北平以人为胜，金陵以天然胜；北平以壮丽胜，金陵以纤秀胜，各有千秋。在北平楼居，打开窗子来，是一带远山，几行疏柳，这种现象，除了繁华市区中心，为他家楼门所阻碍（南京尤甚），其余地点，均无例外。我住在南京城北，城北是旷地较多的所在，虽然所居是上海弄堂式的洋楼，却喜我书房的两层楼窗之外，并无任何遮盖。近处有几口池塘，围着塘岸，都有极大的垂柳，把我所讨厌看到的那些江南旧式黑瓦屋脊，全掩饰了。杨柳头上便是东方的钟山，处处在白云下面横拖了一道青影。紫金山那峰顶，是这一列青影的最高处，正伸了头向我窗子里窥探。我每当工作疲倦了，手里捧着一杯新的泡茶，靠着窗口站着，闲闲的远望，很可以轻松一阵，恢复精神的健康。

南京城里北一段，本是丘陵地带，东角由鸡鸣寺顺了玄武湖北上，经过太平门直到下关。西边又由挹江门南下，迤逦成了清凉山、小藏山。所以由新街口以北，是完全环抱在丘陵里的一块盆地。在中山北路来往的人，他们为了新建筑所迷惑，已不见这地形了。我有两个朋友住在新住宅区迤北，中山北路偏西，房子面对着清凉古道，北靠了清凉山的北麓，乃是建筑巨浪所未吞噬及未洋化的一角落，而又保留着六朝佳丽面目的。我去过几回，我欣慕他们，真能享受到南京的好处，只可惜它房子本身却也是欧化了而已。这里是个不高的土山，草木葱茏，须穿过木槿花作篱笆，鹅卵石地面的一条人行道。路外是小溪，是菜园，是竹林，随时可以听到鸟叫，最妙的，就是他们家三面开窗，两面对远山，一面靠近山。近山的竹树和藤萝，把他们屋子都映绿了。远山却是不分晴雨，都隐约在面前树林上。那主人夸耀着说："我屋子里不用挂山水画，而且是活的画，随时有云和月点缀了成别一种姿势。"这话实在也不假，我曾计划着苦卖三年的文字，在这里盖一所北平式的房屋，快活下半辈子，不想终于是一个梦。

在"八一三"后，南京已完全笼罩在战争气氛下，我还到这里来过一趟，由黄叶小树林子下穿出，走着那一条石缝里长出青草的人行长道，路边菜圃短篱上，扁豆花和牵牛花或白或红或蓝，悠静地开着。路头丛树下，有一所过路亭，附着一座小庙，红门板也静静地掩闭在树阴下，路上除了我和同伴，一直向前，卧着一条卵石路，并无行人，我正诧异着，感不到火药气。亭子里出来一个摩登少妇，手牵了一个小孩，凝望着树头上的远山（她自然是疏散到此的）。原来半小时前，敌机二十余架，正自那个方向袭来呢。一直到现在，我想到清凉古道上朋友之家，我就想到那个不调和的人和地。窗外的远山呀！你现在是谁家的画？

影树月成图

北平是以人为的建筑，与悠久时间的习尚，成了一个令人留恋的都市。所以居北平越久的人，越不忍离开，更进一步言之，你所住久的那一所住宅、一条胡同，你非有更好的，或出于万不得已，你也不会离开。那为什么？就为着家里的一草一木，胡同里一家油盐杂货店，或一个按时走过门口的叫卖小贩，都和你的生活打成了一片。

我在北平住的三处房子，第一期，未英胡同三十六号，以旷达胜。前后五个大院子，最大的后院可以踢足球。中院是我的书房，三间小小的北屋子，像一只大船，面临着一个长五丈、宽三丈的院落，院里并无其他庭树，只有一棵二百岁高龄的老槐，绿树成阴时，把我的邻居都罩在下面。第二期是大栅栏十二号，以曲折胜。前后左右，大小七个院子，进大门第一院，有两棵五六十岁的老槐，向南是跨院，住着我上大学的弟弟，向北进一座绿屏门，是正院，是我的家，不去说它。向东穿过一个短廊，走进一个小门，路斜着向北，有个不等边三角形的院子，有两棵老龄枣树、一棵樱桃、一棵紫丁香，就是我的客室。客室东角，是我的书房，书房像游览车厢，东边是我手辟的花圃，长方形有紫藤架，有丁香，有山桃。向西也是个长院，有葡萄架，有两棵小柳，有一丛毛竹，毛竹却是靠了客室的后墙，算由东折而转西了，对了竹子是一排雕格窗户,两间屋子,一间是我的书库,一间是我的卧室与工作室。再向东,穿进一道月亮门,却又回到了我的家。卧室后面,还有个大院子、一棵大的红刺果树与半亩青苔。我依此路线引朋友到我工作室来,我们常会迷了方向。第三期是大方家胡同十二号,以壮丽胜。系原国子监某状元公府第的一部分,说不尽的雕梁画栋,自来水龙头就有三个。单是正院四方走廊,就可以盖重庆房子十间,我一个人曾拥有书房客室五间之多。可惜树木荒芜了,未及我手自栽种添补,华北已无法住下去。你猜这租金是多少钱?未英胡同是月租三十元,大栅栏是四十元,大方家胡同也是四十元,这自不能与今日重庆房子比。就是与同时的上海房子比,也只好租法界有卫生设备的一个楼面,与同时的南京房子比,也只好租城北两楼两底的弄堂式洋楼一小幢。住家,我实在爱北平。让我回忆第一期吧。这日子,老槐已落尽了叶子,杈丫的树杆布满了长枯枝,石榴花金鱼缸以及大小盆景,都避寒入了房子,四周的白粉短墙,和地面刚铺的新砖地,一片白色,北方的雪,下了第一场雪,二更以后,大半边月亮,像眼镜一样高悬碧空。风是没有起了,雪地也没有讨厌的灰尘,整个院落是清寒、空洞、干净、洁白。最好还是那大树的影子,淡淡的、轻轻的,在雪地上构成了各种图案画。屋子里,煤炉子里正生着火,满室生春,案上的菊花和秋海棠依然欣欣向荣。胡同里卖硬面饽饽的,卖半空儿多给的,刚刚呼唤过去,万籁无声。于是我熄了电灯,隔着大玻璃窗,观赏着院子里的雪和月,真够人玩味。住家,我实在爱北平!

江冷楼前水

在南京城里住家的人，若是不出远门的话，很可能终年不到下关一次。虽然穿城而过，公共汽车不过半小时，但南京人对下关并不感到趣味。其实下关江边的风景，登楼远眺，四季都好。读过《古文观止》那篇《阅江楼记》的人，可以揣想一二。可惜当年建筑南京市的人，全在水泥路面，钢骨洋楼上着眼，没有一个人想到花很少一点钱，再建一座阅江楼。我有那傻劲，常是一个人坐公共汽车出城，走到江边去散步。就是这个岁暮天寒的日子，我也不例外。自然，我并不会老站在江岸上喝西北风。下关很有些安徽商人，我随便找着一两位，就拉了他们到江边茶楼上去喝茶，有两三家茶楼，还相当干净。冬日，临江的一排玻璃楼窗全都关闭了。找一副临窗的座位坐下，泡一壶毛尖，来一碗干丝，摆上两碟五香花生米，隔了窗子，看看东西两头水天一色，北风吹着浪，一个个的掀起白头的浪花，却也眼界空阔得很。你不必望正对面浦口的新建筑，上下游水天缥缈之下，一大片芦洲，芦洲后面，青隐隐的树林头上，有些江北远山的黑影。我们心头就不免想起苏东坡的词："一江南北，消磨多少豪杰。"或者朱竹垞的词："六代豪华，春去了，只剩鱼竿。"

说到江，我最喜欢荒江。江不是湖海那样浩瀚无边，妙的是空阔之下，总有个两岸。当此冬日，水是浅了，处处露出赭色的芦洲。岸上的渔村，在那垂着千百条枯枝的老柳下，断断续续，支着竹篱茅舍。岸上三四只小渔舟，在风浪里摇撼着，高空撑出了鱼网，凄凉得真有点画意。自然，这渔村子里人的生活，让我过半日也有点受不了，他们哪里知道什么画意？可是，我这里并不谈改善渔村人民的生活，只好忍心丢下不说。在南京，出了挹江门，沿江上行，走过怡和洋行旧址不远，就可以看见这荒江景象。假使太阳很好，风又不大，顺了一截江堤走，在半小时内，在那枯柳树林下，你会忘了这是最繁荣都市的边缘。

  坐在下关江边茶楼上，这荒寒景象是没有的。不过，这一条江水，浩浩荡荡的西来东去横在眼面前，看了之后，很可以启发人一点遐思。若是面前江上，舟楫有十分钟的停止，你可以看到那雪样白的江鸥，在水上三五成群地打胡旋，你心再定一点，也可再听到那风浪打着江岸石上，拍达拍达作响。我是不会喝酒，我若喝酒，觉得比在夫子庙看"秦淮黑"，是足浮一大白的。

春生屋角炉

一日过上清寺，看到某大厦三层楼，铁炉子烟囱，四处钻出，几个北方同伴，不约而同的喊了一声久违久违。煤炉这东西在北方实在是没啥稀奇，过了农历十月初一，所有北平的住户，屋里都须装上煤炉。第一等的，自然是屋子里安上热气管，尽管干净，但也有人嫌那不够味。第二等就是铁皮煤炉，将烟囱支出窗户或墙角去。第三等是所谓"白炉子"，乃是黄泥糊的，外层涂着白粉，一个铁架子支着，里面烧着煤球。烧煤球有许多技巧，这里不能细说。但唯一的条件，必须把煤球烧得红透了，才可以端进屋子，否则会把屋子里人熏死。每冬，巡警阁子里，都有解煤毒的药，预备市民随时取用，也可见中毒人之多。其实煤球烧红了，百分之百的保险，无奈那些懒而又怕冷的人，好在屋子里添煤，添完了就去睡暖炕，不中毒何待？

铁炉子是比较卫生而干净。战前，有白铜或景泰蓝装饰的，大号也不过十一二元。普通的三四号炉子，只要三四元。白铁片烟囱，二毛几一节，黑铁的一毛几一节，一间屋子有二三十节足矣。所以安一个炉子计，材料共需十元上下。小炉子每冬烧门头沟煤约一吨半，若日夜不停的烧，也只是两吨，每吨价约十元上下。所以一间屋子的设备，加上引火柴块，也

只是二十元。若烧山西红煤，约加百分之五十的用费，那就很考究了。你说，于今在重庆惊为至宝，咱们往年在北平住着的人听说，不会笑掉牙吗？

　　煤炉不光是取暖，在冬天，真有个趣味。书房屋角里安上一个炉子，讲究一点，可以花六七元钱，用四块白铁皮将它围上，免得烤煳了墙壁。尽管玻璃窗外，西北风作老虎叫，雪花像棉絮团向下掉，而炉子烧上大半炉煤块，下面炉口呼呼地冒着红光，屋子内会像暮春天气，人只能穿一件薄丝棉袍或厚夹袍。若是你爱穿西装，那更好，法兰绒的或哔叽的，都可以支持。书房照例是大小有些盆景，秋海棠、梅花、金菊、碧桃、晚菊，甚至夏天的各种草本花，颠倒四季，在案头或茶几上开着。两毛钱一个的玻璃金鱼缸，红的鱼、绿的草，放在案头，一般的供你一些活泼生机。

　　我是个有茶癖的人，炉头上，我向例放一只白搪瓷水壶，水是常沸，叮呤呤的响着，壶嘴里冒气。这样，屋子里的空气不会干燥，有水蒸气调和它。每当写稿到深夜，电灯灿白的照着花影，这个水壶的响声，很能助我们一点文思。古人所谓"瓶笙"，就是这玩艺了。假如你是个饮中君子，炉子上热它四两酒，烤着几样卤菜，坐在炉子边，边吃边喝，再剥几个大花生，你真会觉着炉子的可爱。假如你有个如花似玉的妻子伴着，两个人搬了椅子斜对炉子坐着，闲话一点天南地北，将南方去的闽橘或山橘，在炉上烤上两三个，香气四绕。你看女人穿着夹衣，脸是那样红红的。钟已十二点以后，除了雪花瑟瑟，此外万籁无声，年轻弟弟们，你还用我向下写吗？

我还是说我。过了半辈子夜生活,觉得没有北平的冬夜,给我以便利了。书房关闭在大雪的院子里,没有人搅扰我,也没有声音搅扰我。越写下去电灯越亮,炉子里火也越热,盆景里的花和果盘里的佛手在极静止的环境里供给我许多清香。饿了烤它两三片面包,或者两三个咖喱饺子,甚至火烧夹着猪头肉,那种热的香味也很能刺人食欲,斟一杯热茶,就着吃,饱啖之后,还可伏案写一二小时呢。

铁炉子呀!什么时候,你再回到我的书房一角落?

年味忆燕都

旧历年快到了，让人想起燕都的过年风味，悠然神往。我上次曾说过，北平令人留恋之处，就在那壮丽的建筑和那历史悠久的安逸习惯。西人一年的趣味中心在圣诞，中国人的一年趣味中心，却在过年。而北平人士之过年，尤其有味。有钱的主儿，自然有各种办法，而穷人买他一二斤羊肉，包上一顿白菜馅饺子，全家闹他一个饱，也可以把忧愁丢开，至少快活二十四小时。人生这样子过去是对的，我就乐意永远在北平过年的。

我先提一件事，以见北平人过年趣味之浓。远在阴历七八月，小住家儿的就开始"打蜜供"了。蜜供是一种油炸白面条，外涂蜜糖的食物。这糖面条儿堆架起来，像一座宝塔，塔顶上插上一面小红纸旗儿。塔有大有小，大的高二三尺，小的高六七寸，重由二三斤到几两。到了大年三十夜，看人家的经济情形怎样，在祖先佛爷供桌上，或供五尊，或供三尊。在蜜供上加一个打字云者，乃打会转出来的名词。就是有专门作这生意的小贩，在七八月间起，向小住家儿的，按月份收定钱，到年终拿满价额交货。这么一点小事交秋就注意，可见他们年味之浓了。因此，一跨进十二月的门，廊房头条的绢灯铺，花儿市扎年花儿的，开始悬出他们的货。天津杨柳青出品的年画儿，也就有人整大批的运到北平来。假如大街上哪里有一堵空墙，或者有一段空走廊，卖年画儿的，就在哪里开着画展。东西南城的各处庙会，每到会期也更形热闹。由城市里人需要的东西，到市郊乡下的需要的东西，全换了个样，全换着与过年有关的。由腊八吃腊八粥起以小市民的趣味，就完全寄托在过年上。日子越近年，街上的年景也越浓厚。十五以后，全市纸张店里，悬出了红纸桃符，写春联的落拓文人，也在避风的街檐下，摆出了写字摊子。送灶的关东糖瓜大筐子陈列出来，跟着干果子铺、糕饼铺，在玻璃门里大篮、小篓陈列上中下三等的杂拌儿。打糖锣儿的，来得更起劲。他的担子上，换了适合小孩子抢着过年的口味，冲天子儿、炮打灯、麻雷子、空竹、花刀花枪，挑着四处串胡同。小孩一听锣声，便包围了那担子。所以无论在新来或久住的人，只要在街上一转，就会觉到年又快过完了。

　　北平是容纳着任何一省籍贯人民的都市。真正的宛平、大兴两县人，那百分比是微小得可怜的。但这些市民，在北平只要住上三年，就会传染了许多迎时过节的嗜好，而且越久传染越深。我在北平约莫过了十六七个年，因之尽管忧患余生，冲淡不了我对北平年味的回忆。自然，现在的北平小市民，已不能有百分之几的年味存在，而这也就越让我回忆着了。

清凉古道

有人这样估计：东亚的大都市，如上海、汉口、天津、北平、香港、广州、南京、东京、大阪、名古屋、神户，恐怕都要在这次太平洋战争里毁灭。这不是杞忧，趋势难免如此。这就让我们想到这多灾多难的南京，每遇二三百年就要遭回浩劫，真可慨叹。

我居住在南京的时候，常喜欢一个人跑到废墟变成菜园竹林的所在，探寻遗迹。最让人不胜徘徊的，要算是汉中门到仪凤门去的那条清凉古道。这条路经过清凉山下，长约十五华里，始终是静悄悄地躺在人迹稀疏、市尘不到的地方。路两旁有的是乱草遮盖的黄土小山，有的是零落的一丛小树林，还有一片菜园，夹了几丛竹林之间，有几户人家住着矮小得可怜的房舍。这些人家用乱砖堆砌着墙，不抹一点石灰和黄土，充分表现了一种残破的样子。薄薄的瓦盖着屋顶，手可以摸到屋檐。屋角上有一口没有圈的井，一棵没有枝叶的老树，挂了些枯藤，陪衬出极端的萧条景象，这就想不到是繁华的首都所在了。三牌楼附近，是较为繁华的一段，街道的后面，簇拥了二三十株大柳树，一条小小的溪水，将新的都市和废墟分开来。在清凉古道上，可以听到中山北路的车马奔驰声，想不到一望之遥，是那样热闹。同时，在中山北路坐着别克小坐车的人，他也不会想到，菜圃树林那边，是一片荒凉世界。

是一个冬天，太阳黄黄的，没有风。我为花瓶子里的腊梅、天竹修整完了，曾向这清凉古道走去，鹅卵石铺着的人行古道，两边都是菜圃和浅水池塘，夹着路的是小树和短篱笆，十足的乡村风光。路上有三五个挑鲜菜的农民经过，有一阵菜香迎人。后面稍远，一个白胡老人，骑着一头灰色的小毛驴，得得而来，驴颈子上一串兜铃响着。他们过去了，又一切归于岑寂。向南行，到了一丛落了叶的小树林旁，在路边有两三户农家的矮矮的房屋，半掩了门。有个老太婆，坐在屋檐下晒太阳。我想，这是南京的奇迹呵！走过这户，是土山横断了去路，裂口上有个没顶的城门洞的遗址。山岩上有块石碑，大书三个楷书字："虎踞关"。石碑下有两棵高与人齐的小树，是这里唯一的点缀。我站在这里，真有点怔怔然了。

在明人的笔记上，常看到"虎踞关"这个名字，似乎是当年南都一个南北通衢的锁钥。可以料想当年到这里行人车马的拥挤，也可以遥思到两旁商店的繁华，于今却是被人遗忘的一个角落了。南京另一角落的景象，实在是不能估计的血和泪，而六朝金粉就往往把这血泪冲淡了。

回到开首那几句话，东亚大都市，有许多处要被毁灭，这次在抗战时期，南京遭受日寇的侵占与洗劫，也不知昔日繁华的南京，又有哪几条大街，变成清凉古道了。

冰雪北海

　　北平的雪，是冬季一种壮观景象。没有到过北方的南方人，不会想象到它的伟大。大概有两个月到三个月，整个北平城市，都笼罩在一片白光下。登高一望，觉得这是个银装玉琢的城市。自然，北方的雪，在北方任何一个城市，都是堆积不化的，没有什么可看的。只有北平这个地方，有高大的宫殿，有整齐的街巷，有伟大的城圈，有三海几片湖水，有公园、太庙、天坛几片柏林，有红色的宫墙，有五彩的牌坊，在积雪满眼、白日行天之时，对这些建筑，更觉得壮丽光辉。

　　要赏鉴令人动心的景致，莫如北海。湖面让厚冰冻结着，变成了一面数百亩的大圆镜。北岸的楼阁树林，全是玉洗的。尤其是五龙亭五座带桥的亭子和小西天那一幢八角宫殿，更映现得玲珑剔透。若由北岸看南岸，更有趣。琼岛高拥，真是一座琼岛。山上的老柏树，被雪反映成了黑色。黑树林子里那些亭阁上面是白的，下面是阴黯的，活像是水墨画。北海塔涂上了银漆，有一丛丛的黑点绕着飞，是乌鸦在闹雪。岛下那半圆形的长栏，夹着那一个红漆栏杆、雕梁画栋的漪澜堂。又是素绢上画了一个古装美人，颜色是格外鲜明。

　　五龙亭中间一座亭子，四面装上玻璃窗户，雪光冰光反射进来，那种柔和悦目的光线，也是别处寻找不到的景观。亭子正中，茶社生好了熊熊红火的铁炉，这里并没有一点寒气。游客脱下了臃肿的大衣，摘下罩额的暖帽，身子先轻松了。靠玻璃窗下，要一碟羊膏，来二两白干，再吃几个这里的名产肉末夹烧饼。周身都暖和了，高兴渡海一游，也不必长途跋涉东岸那片老槐雪林，可以坐冰床。冰床是个无轮的平头车子，滑木代了车轮，撑冰床的人，拿了一根短竹竿，站在床后稍一撑，冰床嗤溜一声，向前飞奔了去。人坐在冰床上，风呼呼的由耳鬓吹过去。这玩艺比汽车还快，却又没有一点汽车的响声。这里也有更高兴的游人，却是踏着冰湖走了过去。我们若在稍远的地方，看看那滑冰的人，像在一张很大的白纸上，飞动了许多黑点，那活是电影上一个远镜头。

走过这整个北海，在琼岛前面，又有一弯湖冰。北国的青年，男女成群结队的，在冰面上溜冰。男子是单薄的西装，女子穿了细条儿的旗袍，各人肩上，搭了一条围脖，风飘飘的吹了多长，他们在冰上歪斜驰骋，作出各种姿势，忘了是在冰点以下的温度过活了。在北海公园门口，你可以看到穿戴整齐的摩登男女，各人肩上像搭梢马褡子似的，挂了一双有冰刀的皮鞋，这是上海香港摩登世界所没有的。

市声拾趣

我也走过不少的南北码头，所听到的小贩吆唤声，没有任何一地能赛过北平的。北平小贩的吆唤声，复杂而谐和，无论其是昼是夜，是寒是暑，都能给予听者一种深刻的印象。虽然这里面有部分是极简单的，如"羊头肉""肥卤鸡"之类。可是他们能在声调上，助字句之不足。至于字句多的，那一份优美，就举不胜举，有的简直是一首歌谣，例如夏天卖冰酪的，他在胡同的绿槐阴下，歇着红木漆的担子，手扶了扁担，吆唤着道："冰琪林，雪花酪，桂花糖，搁的多，又甜又凉又解渴。"这就让人听着感到趣味了。又像秋冬卖大花生的，他喊着："落花生，香来个脆啦，芝麻酱的味儿啦。"这就含有一种幽默感了。

也许是我们有点主观，我们在北平住久了的人，总觉得北平小贩的吆唤声，很能和环境适合，情调非常之美。如现在是冬天，我们就说冬季了，当早上的时候，黄黄的太阳，穿过院树落叶的枯条，晒在人家的粉墙上，胡同的犄角儿上，兀自堆着大大小小的残雪。这里很少行人，两三个小学生背着书包上学，于是有辆平头车子，推着一个木火桶，上面烤了大大小小二三十个白薯，歇在胡同中间。小贩穿了件老羊毛背心儿，腰上来了条板带，两手插在背心里，喷着两条如云的白气，站在车把里叫道：

"噢……热啦……烤白薯啦……又甜又粉，栗子味。"当你早上在大门外一站，感到又冷又饿的时候，你就会因这种引诱，要买他几大枚白薯吃。

在北平住家稍久的人，都有这么一种感觉，卖硬面饽饽的人极为可怜，因为他总是在深夜里出来的。当那万籁俱寂、漫天风雪的时候，屋子外的寒气，像尖刀那般割人。这位小贩，却在胡同遥远的深处，发出那漫长的声音："硬面……饽饽哟……"我们在暖温的屋子里，听了这声音，觉得既凄凉，又惨厉，像深夜钟声那样动人，你不能不对穷苦者给予一个充分的同情。

其实，市声的大部分，都是给人一种喜悦的，不然，它也就不能吸引人了。例如：炎夏日子，卖甜瓜的，他这样一串的吆唤着："哦！吃啦甜来一个脆，又香又凉冰琪林的味儿。吃啦，嫩藕似的苹果青脆甜瓜啦！"在碧槐高处一蝉吟的当儿，这吆唤是够刺激人的。因此，市声刺激，北平人是有着趣味的存在，小孩子就喜欢学，甚至借此凑出许多趣话。例如卖馄饨的，他吆喝着第一句是"馄饨开锅"。声音洪亮，极像大花脸唱倒板，于是他们就用纯土音编了一篇戏词来唱："馄饨开锅……自己称面自己和，自己剁馅自己包，虾米香菜又白饶。吆唤了半天，一个子儿没卖着，没留神啰去了我两把勺。"因此，也可以想到北平人对于小贩吆唤声的趣味之浓了。

短　案

　　所居在一深谷中，面山而为窗。窗下列短案，笔砚图书，杂乱堆案上。堆左右各一，积尺许，是平坦之地已有限。顾笔者好茶，案头必有茗碗。笔者好画，案头又必有颜料杯。笔者虽已戒绝纸烟，报社主人怜其粮断而文思将穷，不时又馈以烟，于是案头亦必有烟盒与火柴。笔者患远视，写字必架镜，故案头常有镜盒。且邮差来，辄隔窗投书，或有挂号信，必须盖章，求其便利，而图章印盒亦置案头。此案头是何景况，乃可想象，而笔者终年伏案，亦复安之若素焉。回忆儿时好洁，非窗明几净，焚香扫地，不耐读书，实太做作。且曩时居燕都，于花木扶疏之院宇中住十余年，书斋参酌今古，案长六七尺，覆以漆布，白质而绿章。案上除花瓶坛炉外，唯檀架古砚一，御瓷笔筒一，碧蓝水盂一，他物各有安置之所，非取用不拦入案上。今日面对蜂窠，身居鸟巢，殆报应也。

　　未入乡时，曾于破货摊上，以法币三角，购得烧料之浅紫小花瓶一。瓶未遭何不幸，随余五年于兹。在乡采得野花，常纳水于瓶，供之笔砚丛中。花有时得娇艳者，在绿叶油油中，若作浅笑。余掷笔小思，每为之相对粲然。初未计花笑余案之杂乱，抑笑主人之犹能风雅也。此为短案上之最有情意者，故特笔记之。

笔者按：校阅此稿日，隔时又一易裘葛。瓶为小女碎，已数月矣，为之悯然。

涸　溪

窗前有小廊，面溪而立。顾非山洪陡发，溪中终年不见水，名为溪，实非溪也。溪岸在茅檐下，有花草数十株。隔岸则为人家菜圃，立竹一丛。花竹夹峙下，涸溪中乱草丛生，深可二三尺。春日购鸡雏七八头以娱稚女。雏渐大，女不复爱之。家人又厌其随处遗矢，驱之入溪，与二三大鸡伍。雏得之，乃大乐，日钻营草丛石隙，以觅小虫。当其未至涸溪时，山雕常盘旋空际，其欲逐逐，攫之，一如其觅小虫然。家人未防，尝失其二。彼既入溪，雕来，闻大鸡咕咕呼警报，即潜伏草根，使雕无可下箸处，在雏，钢骨水泥之防空洞不啻也。

涸溪之情景如此，故主人邻溪而不常得溪之乐。唯夏日暴雨，山洪挟泥沙以俱下，溪中水忽盛至。窗左，溪中倾丈许，巨石嵯峨横卧之。水狂奔而来，至此又突作势下注。但见黄波翻涌，如千百条蛟蛇下饮溪底，争前恐后。而其淙淙铮铮，又如海面遥闻炮战。若值雷雨大作，水声、雨声、雷声，混而为一，则茅屋在山摇地动中矣。有时夜半在枕上，突闻户外万马奔腾，疑暴风雨来，即惊起，启户视之。实则两山黑影巍巍，平静无事。仰观天空，两三星点，在黑云中闪烁作光。察声所在，在涸溪中，盖前山大雨，山洪自上游来也。一年约得此景可一二回云。

竹与鸡

涸溪对岸有竹一丛，正临吾窗。竹上为斜坡，下为溪沿，丰草环绕前后，差免玩童砍伐。故去夏为七竿，今春已得十二竿，上旬有笋新出六七枝，秋初可得二十余竿矣。（校此稿时，已有四五十竿矣，此为茅居差强人意者。）

竹虽不多，枝叶极茂，长者达丈六七尺，短者亦丈一二尺，枝头如孔雀之尾，依依下垂。雨露之后，枝叶垂头愈深，余每佣书腕酸，昂首小憩，则风摇枝动，若对余盈盈下拜也。竹以枝叶盛多故，其下作浓阴。每当炎日当空，大地如火，家中群鸡，悉集竹阴长草中，悄然伏卧。中有雄鸡一头，高脚白羽而红冠，独不睡，翘然立竹根，垂叶遥覆其顶。既而邻村有午啼声传来，雄引颈长鸣以应之，若不甘让。邻鸡再三唱，雄亦再三应之，直至邻鸡先止而后已。时有蝉声吱吱然，嘈杂竹梢上。雄偏其首，以一目斜视树上，若答曰："尔何物？鸣我上也。"以竹之绿，映鸡之白。配以丰草在下，微虫在上，俨然一幅妙画。

时渝市热浪，正达华氏一百零八度，余隔窗外视，乃忘盛暑。

泥里拔钉

谷之东侧为建文峰，巴县名胜也。峰作两层，主峰如埃及金字塔，树木畅茂，绿茸茸耸立半空。其下得坦地，界上下为两层，下层峦脚直斜，为窗外长谷之东壁。壁上旧尝为农家垦植，砌石作坝，层层作小梯田。年久不植，地废，而坝基残存。以是树木稀少，丰草遍山。其上为梯田所不及者，有小柏二三百株，散落峰上。枝为山家所披伐，树仅有丈许干身，略带薄叶，绝似山水画家之所谓"泥里拔钉"。此壁距窗不过十丈，故建文峰近在咫尺，乃为壁藏而不得见，所见者，此"泥里拔钉"而已。

吾居此深谷中，窗则东向。朝日迟临，初无所感。唯三五之夕，月出如金盆，由峰头泥里拔钉后，缓缓移出，厥状至美。月未来时，银光满空，小柏苍翠，为光映作黑色，暮景苍茫，笼罩小树若无数古装美人，亭亭玉立。及月既来，上层树若投影画，嵌此灿烂之银碟。惜其时甚暂，不及两分钟耳。然而"泥里拔钉"亦自有其可取者也。

笔者按：此文作后两三月，钉悉为强有力者所伐。伐后，且按市上木柴价，强货于村人，予家亦曾购之。盖不购惧得罪也。树在吾门，吾不伐，客来伐之，且以易吾钱，是喜剧，亦是小悲剧。吾不禁为建文峰风景哀矣。

野花插瓶

予曩居燕京，卖书所入，除以供家人浇裹外，余赀作三分用：一以购收木版书，二以养花，三以听戏。非充作雅人深致，盖因其有伸缩余地，非若他种嗜好，可成为日常负担也。听戏所耗甚微，购书则时兴时辍。唯栽花，则为之十余年未断，愈久则阶前檐隙亦愈多，深红浅紫，春秋映带窗几间，颇足助人文思。自倭寇见逼，狼狈南下，将十年不复有此乐矣。

性之所好，不易尽除，往年来往京沪，易植花为玩瓶供。二三元之值，亦足点缀书斋卧室一周之所需。当初入渝时，花值贱而品繁，犹饶此趣。寓楼三间，有花瓶七八具，亦足婆娑其间，藉遣客愁。及不能与鸡鹜争食，退居山谷，附近乡人植黍种菜为业，无莳花者，牡丹芍药固不可得，即巴蜀多梅，而此处亦无。茅檐泥壁，老案旧庋，亦何必反由城中购花入乡以配之，此嗜亦渐淘汰将至于无。然家中尚有供花旧具一二，久置未用，令人惭对。以是春秋佳日，常呼随行入蜀较长之一儿，负筐携剪相随，漫行山野间，随采野花入家供之。大抵春日可得山桃、野杏，夏初可得杜鹃、石榴，秋后则唯有金钱菊，可支持三月。盛夏瓶花易萎，不能供。冬则须行十里外，始可向人家私园乞梅一枝，不能堪也。顾野花剪裁得宜，亦足

资玩赏。尝于春尽，采胭脂色豌豆花一束，尽除肥叶，配以紫花萝葡十余茎，再加以野石榴二三朵，合供一瓶。适城中人来，见案头花作三种红，大加赞赏，且问胭脂而蝴蝶状者何花？及予指窗外豆圃视之，客乃大笑。

珊瑚子

国人冬日供蜡梅，向配以天竹，竹叶淡绿，生子如珊瑚珠，红黄参杂绿叶间，饶有画意。顾天竹非年老不生子，且子亦不甚繁。苏人以此物供不应求，则以盆景养刺叶树以代之。此树学名不详，不落叶灌木，高七八尺，叶长圆，连柄作六角形，每角生长刺，飞鸟不能入其丛，皖人名之曰老鼠刺，以之作篱，藉拦野兽，物品至贱。然秋日结实，其大如蚕豆，红若丹珠，亦颇可爱。苏人易其名曰"鸟不宿"，以盆植之，删其繁枝，独留老干，黄花开时，子肥大而红艳胜天竹。每届菊花会，可随处见此物，与人工培植畸形南瓜相间，至有清趣。

予生平爱盆景，究以此物叶刺可厌，未尝置之阶前。及居此山谷，于深秋之际，发见草庐前后，多红色小丛灌木，簇拥顽石蔓草中，颇以为奇。近视之，枝上结天竹子，累累然如堆红豆，深者丹，浅者胭脂，娇艳欲滴，尚有些微小叶，作苍绿色，亦极配合得宜。枝上有刺，攀折不易。然以剪除此，与白菊同供一瓶，极得颜色上调和，天竹及鸟不宿皆不足道矣。入冬，霜露微降，枝子愈红，亦愈肥，复可与蜡梅水仙素梅相配，予尤爱之。以问巴人，不能举其名，但曰红子子而已。经春，红子渐落，农历二三月间，子未落尽，而花又作。远望之，花如白绣球，逼视则花作五瓣，丛生枝头，颇似珍珠梅，略有清香，实蔷薇科植物也。予因赐其名曰珊瑚子，每冬深必采备一包，藉待他日东下，传种江南，亦已习之三年矣。

断　桥

　　茅檐下，跨涸溪而为桥，出入所必经，初不觉其危。城中客来，则常渡之而股栗。股栗言其情绪，亦状实也。桥下正为陡崖，深丈二三尺，且溪床为危石，坠则颅碎，初未知建屋主人，何以择桥址于此？溪宽约二丈许，中立乱石附水泥之圆墩，以四木东西接轨于墩上。轨早折其一，另以一木合之。削窄板长二尺许，间空隙约寸，横铺于轨上，是即为桥。无栏，亦无柱。二人同行其上，则震震然如旧日文人之摇曳构思。若山洪骤来，桥下怒水翻腾，声如奔雷，生客来，色沮辄不敢渡焉。然吾人终年居此，稚子坦然过之，亦安之若素。盖初架此桥时，不过数十金，今则非二千金不办。一二邻居，初欲易之坦地，偶俄延，力遂不能为。妇孺习惯，亦忘其危而不思迁易矣。

　　桥如此，无足称者。然盛暑之夜，闷不可耐。至桥上，则溪自南向北，奔出谷口，空气受山夹峙，而顺溪流荡，其间乃常有徐来之物。每仰视繁星在天，满谷幽暗，与同屋二三穷措大，携竹椅坐桥上，闲谈天下事。细至镇上一周无肉，大至墨索里尼下台，辄不觉夜之三更。有时残月如钩，高悬峰顶，夜气微凉，劳人尽睡。予怆怀身世，长夜不寐，则只身微步桥上。时清风拂衣，人影落涧，溪岸草中乱虫声，与竹丛瓜蔓上纺织娘，合奏夜阑之曲，虽侧身旷谷，无可语者，而于其中时得佳趣焉。

按：桥至去冬，腐朽愈甚，予力筹千金，北移丈许，直达竹丛，夏夜可展席卧其上矣。

雾之美

　　居重庆六年，饱尝雾之气氛，雾可厌，亦可喜，雾不美，亦极美，盖视季节环境而异其趣也。大抵雾季将来与将去时，含水分极多，重而下沉，其色白。雾季正盛时，含水分少，轻而上浮，其色青。青雾终朝弥漫半空，不见天日，山川城郭，皆在愁惨景象中，似阴非阴，欲雨不雨，实至闷人。若为白雾，则如秋云，如烟雨，下笼大地，万象尽失。杜甫诗谓"春水船如天上坐"，若浓雾中，己身以外，皆为云气，则真天上居也。

　　白雾之来也以晨，披衣启户，门前之青山忽失。十步之外，丛林小树，于薄雾中微露其梢，恍兮惚兮，得疏影横斜之致。更远则山家草屋，隐约露其一角。平时，此家养猪坑粪，污秽不堪，而破壁颓篱，亦至难寓目。此时一齐为雾所饰，唯模糊茅顶，有如投影画。屋后为人行路，遥闻赶早市人语声，在白云深处，直至溪岸前坡，始见三五人影，摇摇烟气中来，旋又入烟气中而消失。微闻村犬汪汪然，在下风吠客，亦不辨其出自何家也。

　　一二时后，雾渐薄，谷中树木人家，由近而远，次第呈露。仰视山日隔雾层而发光，团团如鸡子黄，亦至有趣。又数十分钟，远山显出，则天色更觉蔚蓝，日光更觉清朗，黄叶山村，倍有情致矣。

虫 声

谷中多草，本聚虫声。而邻家种瓜播豆，菜畦相望，虫逐菜花而来，为数愈伙。每当星月皎洁，风露微零，则绕屋四周，如山雨骤至，如群机逐纺，如列轴远征，彼起此落，嘈杂终宵，加以树叶萧萧，草梢瑟瑟，其声固有如欧阳修所赋者。然习闻既惯，颇亦无动于衷。唯秋雨之后，茅檐犹有点滴声。燃菜油灯作豆大光，于案上读断简残篇，以招睡神。时或窗外风吹竹动，蟋蟀一二头，唧唧然，铃铃然，在阶下石隙中偶弹其翅，若琵琶短弦，洞箫不调，倍觉增人愁思。予卖文佣书，久废吟咏，尝于其间，灵感忽来，可得小令绝句，自诵一过，每觉凄然。顾年来忌作呻吟语，随成随弃之，亦不以示人也。

听虫宜以夜，宜以月，尽人而知矣。然清明之夜，黎明早起，时则残月如钩，斜挂山角，朝日未出，宿露满枝，披衣过桥，小步竹外，深草之中，微虫独唱，其声丁丁，一二分钟一阕，绝似小叩金铃，闲敲石磬。妙在小，又妙在能间断也。此非城市人所能知，亦莫能得此境遇，盖造物以予草茅之士者耳。

秋　萤

江南之萤始于夏，而初秋犹盛，故诗人有"轻罗小扇扑流萤"之称。川东则否，始于暮春，盛于仲夏，稻花开时，黑夜即不复有流火群飞矣。然亦非尽绝迹，时或遗一二老虫在。盖川东夏季长，山谷中丰草塞途，野花不断，萤乃因此而延其寿命。每当阴雨之夕，谷黯如漆，启户视之，荒山巨影，巍巍当前，厌吾居如入深渊。西风徐来，摇撼涧岸丛竹小树于黑魆魆中，其影仿佛能见，若巨魔作攫人状。时此一二老虫，于草间突起，发其淡绿之光如豆火，低飞五六尺，闪烁数下，忽然不见，倍增鬼趣。间或村犬遥遥二三吠，其声凄惨沉闷，似若有所惊。独立涸涧断桥上，俯首徐思，觉吾尚在人境中乎？

萤亦有翅落不飞，蛰伏石隙者。其所挟之光极微，色亦不甚绿，既不闪烁，亦不移动，初来此间见之，颇疑人遗火星于地，取而视之，僵硬如蛹，殊非江南人所素知。

夜立暗空下，乃思此萤，何类当今文人。虽遗弃草根将死，而犹能于黑暗中发其点滴之光。虽然，萤以其光传授子孙，明夏仍可与星月争片刻之光，文人顾何如乎？

晚　晴

一雨之后，凉气习习随谷风来，秋意盎然。亭午云霁日出，宇宙倍感皎洁。两三小时后，对涧菜圃葵花数十株，如碧竿悬球，金灯列仗，饶有生趣。扁豆藤杂牵牛花蔓，簇拥人家竹篱上，亦油油然如青帷翠幨。昂首外视，游兴勃然。则掷笔出户，策杖闲行。入蜀后，行恒以杖，初不以齿计也。

谷中早阴，西风瑟瑟吹人衣发，暑气全消。仰望山峰，一角为斜阳所射，深草疏林，若镀黄金，有樵人刈草其间，亦随山羊两头，同入此黄金世界。而俯视全谷，幽暗转甚，炊烟二三缕，出入此上明下暗之空谷中，其意境殊非俗手西洋画家所能写。于其间少得佳趣，随脚下石板小径，彳亍前行，数十步外，路旁乱草如长发纷披，半掩崖石，时有紫色野菊数朵，于其间嫣然向人，小而绝媚。而老艾拥出草丛，散其清芬，皆所以映晚晴者。谷下涧溪，有小潭，得积水尺许，倒映天上红霞有光。三五小蛙，阁阁于其中作得意鸣。驻脚暇观，颇发幽思。时有山中老僧携灯笼挟破衲来，侧身而过，似预备夜归，回视竹外茅屋，有灯光一点，遥闻群雏呼归饭声矣。游不必多，亦不必远，即此晚晴小步，亦有足低徊者。

蒲　草

　　国人治盆景为乐者，常专一种，如梅、菊、杜鹃、山茶均是。燕市昔有以小盆种莲子开花者，得变形十余品，已觉其奇。闻之鲁人，前十岁，济南有方士，专蓄蒲草盆景，共得三四十种，则又生面别开矣。

　　蒲草之类本多，仅就本草所言，有水蒲、白菖蒲、石菖蒲之别。平常玩盆景者，其形如韭而细，长三四寸至七八寸不等，盖石菖蒲之一种。蓄法，以白瓷小盆盛沙植之，逐日浇以清水，而不施肥，欲其瘦也。每至春季，则齐剪之。叶愈剪而愈细，色愈细而愈碧。其长可二三寸，土盆中圆转齐匀而无偏缺者，是为上选。战前下江大都市中，上等石菖蒲一盆（盆值不计），能售硬币一二元，即阴丹五尺至一丈，合以今日市价，令人舌挢不下也。

　　茅居附近，颇多此物，悬岩石隙中，或小径坡缝内，常有剑叶茸茸，簇拥而出，久雨之后，石根泥沙，为水所冲刷，草根外露，合于盆景家所谓透爪态，尤有趣味。若遍寻谷中，可得数百丛，设化此地为上海或北平，又倒缩时间七年，则张先生富矣。

　　在山麓人行道边，有草一丛，长四五寸，叶叶外向，周环如翠羽小团扇，根若竹鞭，有婴儿指大，怒伸四五节于土外。赏鉴久之，惊为奇品，颇欲掘归养之，列于案头。因无工具，未能如愿。又迟一二日往探,则马矢拥之,群蝇纷集,不能伫观。嗟夫!此岂仅为草莱之士所悲也哉?

鸡鸣声中

　　山村夜如死谷，风雨之夕，尤沉寂不类人境。然将明未明，生气滋生，有足寻味者。

　　尝夜半不寐，倚枕小思。案上菜油灯芯，烧作红豆状，其光在有无之间时。有声息息然，自窗外来，遽然心动。视之，有瘦鼠一头，摸索沿桌缘行，目灼灼然，窥床上人。床上辗转有声，鼠乃曳尾而遁，而息息之声如故，再视之，非鼠行有声，夜半风吹破窗纸奏雅乐也。然因此风，乃遥遥闻豚声嗷然鸣，长且惨，似镇上屠户已起宰豚，将以应早市矣。少顷，屋外人行路上，有步履突突之声，有箩担绳索摇曳吱吱声，盖路通水陆乡场，乡人经此赶场者。邻犬惊而起，辄隔涸溪而吠。然亦若知此为等闲事，二三吠又即止。吠止矣，邻鸡喔喔然，逐声推近，余鸡埘中雄者，遽引吭高歌，声震泥壁。村鸡应之，而余鸡又再鸣。循环凡十余分钟，余不复能寐。则披衣而起，开窗以纳朝气。遥见山头黄月半轮，带巨星两三点，沉沉欲坠。对宇邻人母子业小贩，方絮絮话家常，同治早餐。灶火熊熊，隔溪可见。"夜阑闻远语，月落如金盆"，不足尽此情调也。

金银花

金银花之字甚俗，而花则雅。盖因其花也，先白，及将萎，则变为黄色。本草因而称之，名遂遍。其实花白而转黄者不仅此花也。

花状如针，丛生蔓上作龙爪。初开时，针头裂瓣为二，长短各一，若放大之，似玉簪花之半股，其形甚奇。春夏之交，吾人行悬岩下或小径间，常有蕙兰之香，绕袭衣袂。觅而视之，则金银花黄白成丛，簇生蔓间，挂断石或老树上。其叶作卵形，对生，色稚绿，淡雅与其香称。唯蔓长而中空，不能直立。作瓶供时，宜择枝老而叶稀者，剪取数寸蓄小瓶。每当疏帘高卷，山月清寒，案头数茎，夜散幽芬。泡苦茗一瓯，移椅案前，灭烛坐月光中，亦自有其情趣也。

重庆南区公园，有露亭一角，橡柱均绕以金银花蔓。尝于春暮黎明过之，则宿露未收，青翠欲滴，花开如残雪点点，纷散上下。半山之上，尽为芬芳所笼罩。因思山地固多金银花，如此点缀，当无困难，便欲于檐前支一小架，得丈许清阴。姑一询之匠人，需费几何？而据其所答，竟耗半月收入，则又多山家之一梦而已。

待漏斋

古之君臣，天明而晤于朝。于其未朝也，群臣先期而至宫外，待铜壶滴漏所报之时届，以入宫门，是曰待漏。而吾之所谓漏，则无此雍容华贵之象，盖屋漏也。屋漏何以亦曰待？是则可得而言之：

所居草屋，入夏为暴风雨所侵，必漏。呼匠人补之，辄辞以无草。盖乡间麦秆，既已售尽，而新谷初登，又未至出售之时，其价亦奇昂，非穷措大所能胜任。欲弥补屋漏，仍必求之遍山深长之野草。而野草未入深秋，又嫩且短，不堪选用。故屋漏已半载，而犹待野草之长以为补。此非抗战山居，实未能习此一页经济学也。

屋漏正如人之疮疖溃疡，愈听之而漏愈大。今岁之春，不过数滴，无大风雨，或竟不滴。及暮春，渐变成十余滴。其间有一二巨溜，落地如豆大，丁然有声。数滴更注吾床，每阴雨，被褥辄沾湿不能卧。吾为一劳永逸计，则移床就屋之另一角，意苟安矣。入夏，暴风雨数数突然来，漏增且大，其下如注，于是屋角、案头、床前，无处不漏，亦无处不注。妇孺争以瓦器瓷盆接漏，则淙淙铮铮，一室之中，雅乐齐鸣。吾有草屋三椽，以二居家人，以一为吾佣书之所，天若有眼，佣书之室独不漏，故搁笔小歇，听此雅奏而哑然。山窗小品，即多以此乐助兴而成也。

习之久，每谷风卷起，油然作云，则太太取盆，公子索瓮，各觅旧漏处以置之，作未雨之绸缪。予亦觅数尺之油布，预以蔽吾书笥。然后群居安全之地，拭目以待漏下。吾于此顷刻凝思中，忽得奇想，即裁尺纸，书"待漏斋"三字以榜吾门。太太粗解文义，则亦为之粲然。蓉人故以匾额市招竞奇，以此文示之，宁能谓吾斋名非上选乎。

贵 邻

　　贵邻殊不贵，一专卖局长耳，然全村人贵之，予亦从而贵之矣。予虽穷，颇守法，保甲长月数过吾门，恒出簿据以收费。于簿上窥户籍，贵邻居第一，然其门牌非第一也。例，户主张三，户籍则直书张三；李四，则直书李四。而于贵邻则不然，书之为某局长。局长家有时自书捐额，亦不称名，而自尊曰某公馆，殆不屑以名字示保甲长而耻与邻为伍矣。

　　虽然，公馆僭号也，盖部中出资，佃得银行家别墅，作疏散物资用者。以空袭少，物资不来，贵邻则从权而公馆之。公馆为全村建筑冠，居高临下，花木扶疏。雕栏画槛，曲廊洞房，当可住三五十人。然贵邻除每周学罗斯福回乡度其周末外，恒在城。夫人亦然，非警报频繁不来。于是此巨室只住一老夫人、三幼稚之小姐、两仆妇、一厨役、三轿班，白昼寂寞如佛寺。而贵邻犹嫌设备不足，以为未尽如人意。然贵邻未贵时，亦与吾等，乃分人家瓦屋一角住之。其时虽无男女佣仆，而举家人口如故，斗室粥粥其中，且于廊下支缸灶，而能安之若素，何也？

贱　邻

佣妇周嫂，巴县北郊人，初随其主人来南郊，继家于此。所谓家，实窠也。涸溪彼岸，为菜圃。圃之一角，苦邻自治其窠。窠除曲树数干、巨竹数枝外，建筑悉为草茎与叶。屋上蓬蓬然，纷披下垂如乱发者，为山上之斑茅与长草。四壁茸茸然，颠倒如破衣者，为高粱之秫秸。窠无窗，拨灰壁秫秸宽其缝，长方四五寸，则为窗矣。窠无门，以两三竹片，两夹秫秸数十茎，侧挂之出入处，则为门矣。

鞠躬入其门，窠中高不及丈，长阔则倍之，视线黑黝黝中，见竹床二，倾斜两侧。其间则箩筐、锹钮、破凳、裂缶，堆置无立足地。盖苦邻已不为人佣，自种菜，其子病而孱弱，则业小贩，此皆其谋生之具也。小床上堆败絮一卷，如腌猪油，盖妇自卧。另稍宽者，有蓝布旧被一，补绽如锦织布其上，则彼亦舐犊情深，居其子也。窠中如此，其生活已可想，而蚊蚋乃独爱之，白昼且嗡嗡然纷飞上下。门角巨绳缚一豚，掘地为浅坑而侧卧之，矢溺淋漓，臭气触人，夜间主人入室，其情况又可想。且在窠北三四丈处，有一巨窖，为妇储粪培壅之需。西北风自上头来，使全窠内外之空气皆浊。吾真不解其母子何以能坦然于此也？回视吾庐，茅檐竹壁，椅案井然，吾不复能有所怨尤矣。

天河影下

银汉双星，为吾国民间最有趣之神话。科学昌明之后，女子有穿针乞巧者，辄被嗤为愚妄。而好事文人，亦复鲜所吟咏。其实神话为姑妄言之之事，调剂人生紧张情绪，亦不必绝无。如牛郎织女情史，即令家弦户诵，初无害于天文学之发展，听之可也。希腊神话，其荒诞悖伦（子杀其父而登天位），甚于我国《封神榜》，欧洲人津津乐道，时引证于正经文字，人但觉其有趣，未尝责以迷信，而远东运动会，且曾名之为Far Eastern Olympic Games，亦无一人以其纪念奥林匹斯（希腊神话玉皇大帝所居之山）为不经者，则何独禁于本国自造之神话乎？

夜阑人静，徘徊断桥，但见银河耿耿，横界天半，天孙河鼓，闪烁作光，隔岸相对。于是，脑中构一幻象，则一云裳倩影，绰约矶头，一孤独少年，依依柳下，而江心月白，风露寒衣，两地相思，都在天末。乃觉吾国人所构神话，其诗情画意，远胜希腊神话杀声满纸多矣。于时辄忆舒铁云《博望访星》科白中："一水迢遥，别来无恙？三秋飘渺，未免有情。"集句自然，传神阿堵。而中国文艺，固非西洋人所易领略也。

劣 琴

予生平有三事不能，一饮酒，二博弈，三猜谜。亦有三事，习之愈久而愈不称意，一书法，二英文，三胡琴。然自幼酷嗜皮簧，几至入迷，及娶吾妇，妇亦嗜此，既得同调为终身伴侣，嗜尤深。然自入蜀后，有沧海曾经之感，终年不复一入剧场。戏瘾偶来，则强细君低声歌之，吾口奏琴手拍板以合音节。妇曰："是甚乏味。"言讫即辍唱。无已，吾乃自唱而自解，每当风静夜阑，月明如昼，乃移一竹椅于断板桥头，抬头望月，高歌《坐宫》"想老娘想得我肝肠痛断"一段。唱自不佳，然离思如剥茧抽丝，吾与杨四郎化而为一矣。

近友赠一胡琴，筒虽细而弓巨，操之殊顺手。适渝市叠出皮簧琴谱，均属青衣者，予乃尽购而藏之。在黄米饭饱后，山窗日午，空谷人稀，乃掷笔取琴，依谱奏之。习之既频，《梅龙镇》《骂殿》《六月雪》《女起解》，各能一二段。每当弦索紧张，细君隔室停针，辄应声而唱。吾固未请之，更未尝强之也。予大笑，以示吹箫引凤之胜。妇出曰："君毋然，君技仍劣，若取切喻，绝似伶人之左嗓。""然则卿曷为应声而歌？""苦闷无聊，女子独不思有所消遣耶？君技虽劣，终胜无琴。适触我技痒，焉得不唱？"余笑颔而怆然有感。彼一唱众和，指挥若定者，非个个有超人之技，特亦聊胜于无之列耳。

愚 贩

鸡贩马某，南阳人，其叔住吾村之杪，马常负担来探望。一日，马过吾门，强售两雌鸡与吾家。妇欲得卵储积，则亦照市价付给而受之。鸡一白一黑，放置竹阴下，相映成趣。儿辈顾而乐之，唱家乡歌曰："白鸡婆生黑蛋，黑鸡婆生白蛋。"无何，家中鸡群一雄者鸣，白鸡突引吭而和，其声高昂，殊无多让于倡者。邻与家人大哗："牝鸡司晨，俗所忌，顾且如此狂啼耶？"哗未已，白鸡再鸣，且振其翅。予笑曰："为竖子所欺，此雄也。"家人捕而察之，小冠有创痕，剪迹宛然，复验其臀，断尾之根犹在。妇亦愤，怪马某熟人而相欺。予则独怜此鸡，为增数十元代价，尽减其雄姿。盖鸡价雄贱而雌贵，每斤约差七八元，此雄三斤许，马某多售吾三个八元矣。

妇沉思久，自解曰："是无妨，马某常过此，当面质而易之。"约半月，马某果来，妇隔溪而责之，令易此鸡，否则还吾值。马应曰："雌者啼乎？不应有是。明日当来验之。"且言且走，颠其担，踉跄而行，群鸡咕咕呼苦笼中。自是，马某不复来。约二月，吾遇其叔，告以故，且笑曰："此细事，鸡可勿易，亦不必偿吾多耗者，嘱尔侄自行寻常来往可也。"其叔唯唯。中秋日，妇割鸡款其夫与子，乃反庄子烹不鸣雁例，杀此雄而雌者。鸡食竟亦旬日矣，而吾村仍未见马之踪迹。邻人均笑曰："以今日二十余元法币，值卖一条路乎！"予思世固有愚而多诈者，快顷刻之意，遗终身之恨，实属自苦，若马某所为，其缩影耳。

小紫菊

山野间有小花，紫瓣黄蕊，似金钱菊而微小。叶长圆，大者有齿类菊，小者无齿类枸杞，互生茎上，其面积与花相称，娇细可爱。一雨之后，花怒放，乱草丛中，花穿蓬蓬杂叶而出，带水珠以净植，幽丽绝伦。且花不分季候，非严冬不萎。"鞠有黄华"之会，此花开尤盛，竹下溪边，得此花三五丛，辄多诗意。盖其趣有娇小，在素静，所谓以少许胜多许也。

去年仲秋，友人赠佳菊二盆，一丹而一白，肥硕如芙蓉，西风白日中，置阶下片时，凤蝶一双，突来相就，顾未一瞬，蝶又翩然去，且不复至。友笑曰："能有诗乎？"予乃作短句曰："怪底蝶来容易去，嫌他赤白太分明。"友默然，继而笑曰："穷多年矣，君个性犹是也。"予亦颔之，微笑而已。今年友迁居去，无赠菊者。窗前秋意盎然，又不可无菊，乃于溪畔屋角，搜罗紫花一束，作为瓶供。细君嫌其单调，采黄色美人蕉二朵配衬之。予因填《浣溪沙》一阕曰："添得茅斋一味凉，瓶花带露供（叶仄）书窗，翻书摇落满瓶香。飘逸尚留高士态，幽娴不作媚人装，黄华同类那寻常？"吟哦数次，细君闻而告之曰："去年吟菊，为友所哂，而仍狂奴故态耶？"予大笑。复口吟曰："嫩紫娇黄媚绝伦，一生山野不知名……"

细君笑曰："今日固是重阳，不应断君诗兴，然既曰不作媚人装矣，又奚云媚绝伦乎？"予起视日历，果重阳也。因曰："媚字不妨改，既是重阳，令人忆潘大临事，予与此君同病，兴尽矣。"遂掷笔而起。

猪肝价

初来此间，在五年前，场上每日可得肉，肉价每斤二角，脏腑少过问者，屠乃更贱其值三分之一以脱售。每至亭午购肉，屠辄搭以脏腑少许，除肠肚不便碎割外，心脏、肝、肺、脑髓，随意配置。盖其时乡间小饭馆已不收购此物，屠不能强市脯者购之，则自食矣。约及一年，肉价及五角，肝价与肉同值。又一年，肉价二三元，肝倍价，至第四年，肉价十五元以上，肝已不能得之肉肆，须识屠者预约于前二日。而肝值益增，上秤计两不计斤，每两二元。今此乡场，肉价每斤三十四元，肝之价值又上跃，成为每两三元。何以值有上下？则预约者多，屠即增其价格，反之，遂稍落以就购者。然无论上或下，其为奇货则一也。

猪肝之所以为奇货，自为供求不敷。而求之者之众多，又为肝含有维他命B，为人生营养不可少缺之成分。此间公务人员眷属虽多，而发国难财之家庭亦夥。前者日惟谋平价米之填腹，而后者则断断然谈营养，一日不进富有维他命之食物，则惶惶然如古人之三日无君。因之肝愈贵，求之益愈亟，而惟恐不得。屠不知何者为维他命与维我命，然窃闻之为补品矣。虽苦增其值，自不惧富贵人家之不购也。

虽然糠秕、菠菜亦多维他命B，初未尝成为奇货。则猪肝价增,又非求营养者之赐,而实受发财者之赐矣。今日一切物价,可作如是观。而平抑物价,则须自整发国难财者始。"整",川谚也。

手　杖

　　手杖为时代之装饰品，非吾国固有老人所扶之杖。然入蜀而后知杖之妙。年来腰足渐弱，而又知杖之不可无。其一，出门即须登坡，携杖乃若有活栏相随。其二，蜀地泥滑特甚，霜露之余，土地膏润如溜，杖则多一足以支体重。其三，乡间时有犬患疯病者，于是见垂尾獠牙之野犬，渐有戒心，有杖在握，若武装护航，可坦然缓步。其四，谷中富草藏蛇，虽不闻噬人，见之可怖。偶行小径，有杖则拨草而行，使蛇遥遁。其五，间不免夜出，或无星月，杖可代灯火也。为此五因，出必以杖，偶或忘之，则忽忽若有所失。故常出门数十步，又匆匆奔回。家人知其故，于茅庐中捧杖迎而送之，于此等境况，辄不免相向作会心之微笑也。

　　旧有一杖，为闲敲叠石而折。友人远自恩施赠一杖，粗如婴儿臂，漆作乌色，上以墨绿镌授受者之姓字。余携之三年矣，漆剥落过半，名字都非，而其为用则如故。友人窥其敝，尝劝易一新者。予亦尝诺之，将物色新材。顾入城不携杖，必有他物待携归，不容添杖。苟携杖入城，有故剑在手，又不忍弃之。故此杖绝如曹孟德之鸡肋，屡欲易新杖而彼实未一日离也。尝与友人行花溪小径，以此语之。适有坐专用滑竿者过，闻之而频点其首，有微叹声。余笑语友人曰："此必用人而有难言之隐者。"友亦笑而点其首。

余之马褂

相传渝市新闻记者有两马褂，一为潘梓年先生，一为不才，同文颇引其事为谈助。潘先生之马褂，予未尝见，亦未知潘先生之意何取，若不才之着马褂，则真卑之毋甚高论耳。

寇火既遍故乡，搭友人便车赴汉，匆匆上道，仅携一皮匣。及入蜀而检点之，其中乃有马褂二袭，一夹而一单。初未知家人何以置此，更未对之作何打算。及初度蜀地之夏，置一灰布衫，胸前有红斑一，织染痕也，甚不雅观。濯之不去，而又无力弃之，故每出，则加青纱单马褂于上，藉掩此污点。至冬，旧蓝布衫敝矣，而夹马褂则为青毛葛质，甚完好，又如法以加其上。抗战初起，入蜀友人衣冠尚整，以从诸名记者之后，未可窘相骤露也。明年，衣渐少，马褂之用变，单者可御初凉，而夹者则若古人之加半臂。习之既惯，招摇过市，初未料既惊世而骇俗。因之常居有马褂，出则卸之，盖如夫子之"今拜乎下"云。又明年，夹马褂为鼠齿所粉碎，在霜雨之余，若有所失。偶过乡场见旧物行，有青花缎马褂一，以湖绸为里，质甚华，询其价，则以物之不入时，索法币三十元。姑还值二十五元，商慨然售之，是即今之冬季常用者。人弃我取，实在取暖，而未知此亦可资作囤积。今则碎折当鞋面用，值四五百元矣，真非初料所及。（按校此稿时，又值千元矣。衣乃愈旧而值愈增，人独不尔，一笑。）而马褂之值既增，更不能不珍视之，其家居而恒用者又以此。朋侪若以余有名士气，故矫俗，或以余曾多读数页线装书，故重礼，皆失之也。

虽然，马褂而在部长院长之家，则此等物议可无，而亦不烦为文以释之也。

养　鸡

　　年来公教人员乡居者，其眷属多种菜养畜，从事生产。顾非素习，辄见偾事。对邻有养鸡者，谋鸡种，立竹栅，购糠秕，图大举，因掷资千余金焉。春间六七雌，各孵雏一群，山坡浅草间，吱吱乱啼，羽光浮动，有雏一百三十余头。家人顾而乐之。则相率计其市价曰："至隆冬之季，雏各成禽，当有二三斤，是万元之产也。"无何，雏略有死亡，日损一二头。主人初不介意，以为偶有其事也。约一周，而雏之夭折乃勿止。主人恐，即一面隔离，一面灌药汁。然防之虽勤，而雏之日渐凋零也如故，凡一月，雏乃去其五分之二。主人焦头烂额之余，每向邻人摇首曰："于是知生产之不易也。"又二月，入盛夏，予尝过养鸡之家，则老禽幼禽，群栖竹篱草阴下，已不过三十头。询其主人，主人曰："此乡有鸡疫，非注针不能治，而一针之价，十鸡不能抵也。人有因药贵而勿治以死者，况鸡乎？"于是大笑。然笑时，颇带苦容，非真笑也，笑而自解耳。前三日，吾又于天际微霁，访其鸡栅以求谈助。主人已不复视其鸡，鸡大小约七八只，相偎篱下自啄秋草之实。主妇出，似知吾意，则相顾而笑曰："惨败惨败！"予亦无以慰之也。

　　昨见邻儿以书之散页叠玩具，虽有字，质则白报纸也。惊而取视之，页旁有文，赫然"养鸡学"三字。问所自来，答曰："对邻字纸篓中物也。"张先生怃然曰："书虽科学，不切实用，不合环境，则此等养鸡学耳。"

种　菜

　　同屋右邻某先生，吃粉笔人也。无所趋，亦无所好，教书归来，则与余立廊下闲谈为乐。顾助谈无酒，已减清趣。余虽有茶叶，开水不常得，亦不克凑趣。各有烟，而余纸烟屡断粮。某先生吸水烟，而烟袋须亲身洗涤，偶或忘之，乃不能常捧以佐谈锋。其更大煞风景者，两家均乏舒适可支足而谈之软椅。于是谈锋甚健之余，必有其一感腿酸而入室，人生快谈若为易事，然亦非真易事也。

　　某先生忽有所悟，乃购锄一，向校园乞菜籽若干，就屋旁山石中隙地，辟畦而种菜。归后，不复立廊下俟余谈，亟取其锄，脱帽挽袖，立趋石隙中，奋臂而扬之。予走视之，锄入土粥粥有声，某先生面红耳赤，汗涔涔下。夕阳西下，先生归而洗手进其平价米之饭，乃增一器。餐后就寝，鼾声作焉，隔室可闻也。自是以往，邻先生"园日涉以成趣"，有若陶靖节。一雨之后，畦中绿秧油然蓬生，乃奔相告曰："予之萝卜出矣。"言讫，嘻嘻而笑。明日，逢于廊，先生抚掌曰："予之菠菜亦出矣。"更明日，遥见其立山麓而招手曰："曷来观，予之白菜秧，挺然直立，茂盛尤可操券也。"余笑而贺之。其夫人微哂曰："早起，面垢而忘洗，晚归，衣重而忘卸，呼与语，人不在室，视之，奔

种 菜

菜畦中矣。尽所有之菜而收获之，将不克佐三日膳，顾如是勤且劳耶？"予为之答曰："不然，主人之意，在种不在获。譬如钓鱼，终日把竿，或不获一尾，此岂可以劳力计？乐在钓，不在鱼也。"余又回顾主人曰："昔威廉二世兵败被废，在荷兰隐居，日锯木一小时，彼岂欲为大匠乎！"邻先生笑曰："君不善颂，不以我为姜尚、为刘备，而乃以况威廉。虽然，子喻则确也。"录之，以告邻翁同好。

昼晦

雾季长雨，昼昏如夜，此在江南，为仅见之事，号曰昼晦。犹忆二十四年居上海时，曾得此一日。午饭既毕，乘车赴报社，则满街灯火齐明，霓虹市招，灿然列长空，宛然日之夕矣，诧为奇观。事后回忆，每感余趣，辄欲把笔以记之。及入蜀，居渝市一年，秋冬两季，月可遇此者恒十余回，乃深笑往日之寡见，是疑骆驼为马肿背也。

匝月以来，雾雨连绵，每日昼晦。斋窗在廊内，而又面山如屏，受光有限，读书阅报，直如雾中看花。欲燃灯烛，则长日消耗，所费不赀。故非极无聊赖不展书报，展之，即鹄立廊下，乃若行路人接传单读也者。且细雨如烟，谷风卷之作水浪，直扑入茅檐下，嫩凉侵人衣鬓。山居既无可语者，又不能长斟自遣，而泥泞路滑，更寸步行不得。终日斗室徘徊，焦躁欲死。偶窥窗外，唯见烟雾迷离，不识天日所在。虽窗外山近在咫尺，亦轮廓模糊，沉沉欲坠。而檐溜滴笃不断，声声滴美人蕉叶上，尤乱人意。此非入定老僧，无声色臭味触法，谁复能耐哉？四时以后，真个黑寂入夜，即以灯草四五茎，满注菜油于瓦灯而燃之，乃觉心地开朗，又入一世界。就案展龙门文《游侠列传》一篇而读之，颇可聊解终日之苦闷。余于是知风雨如晦，转不如沉沉长夜犹可藉灯烛之光也。

苔前偶忆

老杜《溪上》诗："古苔生迮地，秋竹隐疏花。"久雨小霁，窗外颇有此情境。掩卷微哦，乃念及苔。

吾国文字描写及苔者，多为静穆与清寒之象征，而苔之意味，亦确有此。故富贵栗碌人士，殊不能赏苔之佳趣。犹忆儿时居洪都，黄梅时节，苦雨闷居。书斋外有小院，三方围以白粉短墙，以鹅卵石砌地，听其自成纹理。绕地则以长石为阶，高不及尺。久雨之后，苔遍生阶上下，一半绿及粉墙。三五蜗牛负壳上行，于墙苔深处，拖痕作篆书，观之甚趣，辄以止睡。院中曾栽毛竹，才得数根，高仅二三尺。有枇杷一株，瘦小如人臂，高亦不及丈，实无可赏鉴处。当苔生遍院时，则此树此竹，同作幽绿，点滴欲翠。与白粉墙相映，忽觉甚美。雨止矣，天际作微明，隔墙蔷薇架，有一小枝，穿墙瓦所作古钱眼，而入吾院，枝头有苞若干，仅吐一花，嫣然俯视，如作东家之窥。予欣然推窗，屏日课《资治通鉴》勿读，取《随园诗话》阅之。盖袁诗浅易，又主性灵，余年轻无诗力，甚好此也。《诗话》有咏苔诗两句："连朝细雨刚三月，小院无人又一年。"吟哦再三。父闻声来，见案上檀炉，正燃微烟，苦茗一瓯，方在手边，乃叹曰："没出息。"予为诗礼之家，法极守旧，即惊起垂手立。父曰：

"亦不汝他责，然读袁枚诗，闭院赏苔，尚有何胸襟乎？"言讫，父微哂而去，似其辞固有憾焉，而又若深喜之也。余父为将门之虎子，精武尚侠，顾亦好文学，虽极不欲予沾斗方习，而亦不之禁。忽忽三十余年，雨下见苔偶回忆之，则其事若在目前，余固深负父之期望，真个没出息也。

忍也忍也

昔吾族公艺，书百忍于其家，千古美之。雨窗无聊，戏书忍也忍也，签贴于座右。水浒有"倒也倒也"之语，盖秉其意而为之，若谓呼之欲出也。或问所忍者何？则吾颇卑之毋甚高论，试仿圣叹于拷红为作不亦快哉例，随书数则，以博高明之一粲。

平价米饭中，稗子谷粒甚多。不剔出，恐食之生盲肠炎，剔之，则不胜其烦，又非远视眼所可胜任，无已，每饭架镜于鼻，且食且剔，每尽半器，饭冷如冰。掷箸将起乎？忍也忍也！

老母将七旬矣，每接家书，辄言其多病。别两大儿时，均在幼稚嬉跳中，今亦各入中学矣，而来书亦苦思其父。将归乎？携在川眷同行，将数万金。不归乎？此间殊不见乐趣。故每得家书，且勿开封，先暗自呼忍也忍也！

阴雨匝月，邻鸡群趋入廊下，争吾散步数尺之地，吾不异与鸡共，而粪渣狼藉，日辄躬自扫除十余回。打鸡乎？鸡何知？与邻交涉乎？奈何以细故伤和气？忍也忍也！

向不穿补线袜，以其硌脚板也。今则无袜不补，补且重重叠叠，脚板已习惯乎？忍也忍也？

每逢佳节，大人先生巨著，塞满报纸。读之乎？乏味。不读乎？吾业不许。强读一过，两眼生花，忍也忍也！

每欲入城，辄思排班购汽车票，可鹄立数小时，而仰视车站中人颜色，凛凛不可犯，吾殆奴才矣。乡居固苦闷乎？忍也忍也！

纸烟涨价，屡戒屡犯，屡犯屡戒，把笔构思，而一支乃不在手，忍也忍也！

路旁卖茶人

一年前，予腰足尚健，在海棠溪挤购汽车票不得，常步行归南泉，随行必有一杖一囊。杖扶我偶登山坡，囊则购盛乡间所寡有，而又我日用必需者，其中常有杂志书籍三二册，备徒步时，就野茶馆少歇，聊以解闷。一次步归，行五公里余，先歇二塘，小镇也。又四公里至么塘，势将再作休息。顾其地三五人家，无售茶酒作中尖者。徘徊少顷，乃以杖荷囊，迟迟沿公路边缘行。不及半里，忽闻人语："先生少歇乎？"其声操东北音，予大异。视之，路旁崖下，有两人家，其一支土灶，上正以铁壶煮水，门内置座头二，布制胡床四五具，盖小茶馆也，门前有青布短衣男子，科头而黄面，含笑向予点首。予回视其前，有绿竹一丛，下临小谷。远望群岗，云雾蒙蒙，境亦疏旷可喜。乃就第一座头，嘱为泡茗一碗。其人送茶已，指灶后木格橱，曰："有面，有馒首，亦有酒，先生需乎？"予曰："前途已打尖矣。然乐与君语，小谈可乎？"予在北地久，固能作燕语，强其舌以挑之。且于衣袋中取纸烟出，敬之。其人果鞠躬受烟坐，笑曰："先生燕赵之士乎？"予曰："居北平二十年，类故乡矣，且尝至君乡辽宁。"彼曰："否，吾吉林人也。"予曰："君何以至此设茶肆？"彼昂首微喟曰："不才，一排长也。辗转由河北战至长江。武汉撤守之役，某供役某部，有汀泗桥之战。因誓死不退，有巨功。上司入川，予则为弹创病脚。既不复能执干戈以卫社稷，又由南方辗转来此，聊糊口耳。"予闻之，肃然起敬。其人大喜，作倾盖交。乃畅谈十年来事，唏嘘慷慨，凡两小时。予以归程仅半，赠茶敬二十元，约后会。其人送我数十步，犹伫立以视予后影，予亦屡回顾之。又三月，予复过此，则冷灶无烟，室迩人遐矣。

每阅报，见东北新闻，辄觉此卖茶人之影，宛在目前。

农家两老弟兄

乡居有警报，予不欲入洞，常携书一册，随谷中小路行二三里，于无人家处，就竹林或石缝，席草而坐。前年敌肆虐疲劳轰炸时，予野坐过久，乃就附近人家，乞茶水。行经小平原，于高粱丛中得瓦屋三椽。屋外有打麦场一片，整洁如洗。场外豆棚瓜架，绿阴环绕。有一老者，须发皓白，于瓜蔓下整理架竿。予与语，若不闻。乃大声作川语曰："跳（叶平）警报人患渴，愿出微资，购茶少许饮。"叟点首，指屋中曰："老幺在彼，可索之也。"予视其屋，门窗皆闭。旁屋一门独启，寂无声息。入内视之，则为厨室，灰灶洁白如雪，柴棍整齐堆叠灶口。灶上釜盖，灶旁方案，及一切器具，无油腻，亦无纤尘。予意此中主妇，必极贤慧人也。乃故作微咳，以惊之。通内室之门呀然辟，又一老者出。其人黑须蓬蓬，若虬髯公，短裤赤膊，臂粗如酒碗。殆即白须叟所谓老幺矣。予告以来意，彼指桌案上大瓦壶与粗饭碗，令予自斟老鹰茶饮之。酬以资，不受，笑曰："君非新村中下江人乎？"亦无他语，自往打麦场上，以长斧劈干树块作柴片，适有敌机群，嗡嗡然过上空。予即避崖脚下，而叟挥斧自若也。

后予屡过此，窥其门上保甲户籍表，知此屋仅二叟。白发者兄，年七十四，黑须者弟，年五十七，杨姓，三代业农。予暗惊曰：然则由播种以至浆洗炊饭，皆此老兄弟自为之矣。后询诸其邻，予忖度果确。此二老兄弟，终身均未尝娶妇，一切自食其力，亦并不识字，更未知何者为新旧道德。近年兄老，唯担任家庭琐事。老么则躬耕之外，且四出赶场。偶得余资，即市肉归食其兄，相依为命，老而弥笃。老么每日傍晚，必赤膊担粪归，遥过吾门时，予常指以示家人或友人也。友或叹曰："可以风矣！"

吴旅长

曩有一邻，辽宁人，朋侪称之曰吴旅长，予亦如是称之。吴笑曰："后勿复尔，予固卸旅长职四年矣。"按吾国社会俗习，一度居官，人恒终身称其职，而受者亦安之若素，了不为怪。吴独异是，则其人固极明白事理者。因之交渐密，谈亦渐多，常于夕阳西下，散步山麓，共谈天下事以为乐。吴一足微跛，散步时，常直其膝盖以行。予问曰："吾人入川，多患湿气，君亦病是乎？"吴曰："否！敌人血债也。'八一三'之役，予作战前方，率一连人防一桥，作撤退之后卫战。战半日，弟兄伤亡十八九。予以期限未到，不能退，偕健全之士兵八，勤务兵二，并途中偶晤之参谋一，紧守桥头一机枪，阻敌去路。天将晚，限期亦届，予中弹二，一穿吾帽，一中腿，昏然仆矣，此其成绩也。"言讫，俯身卷其裤管，露腿上创痕如杯大。予曰："壮哉！君何以得脱险？"吴曰："予初无所知，醒时，则身卧一木板上。启目微视，星斗横天，夜幕如盖。板摇摇如舟荡，不若平地，辗转微吟，方欲坐起，则有人趋前俯首低语曰：'旅长苏醒乎？勿惊，某在是。'审其音，随余多日之老勤务也。予乃询以此何地？彼曰：'旅长挂彩后，弟兄尽散。余背负旅长走三五里，于近水人家，得二门板。叠而置诸小河中，卧旅长其上，洗

涤血痕已,以绳牵板,溯流西上。不期港湾纷杂,反至前线。奈何?'余侧耳听,枪声密如雨点,炮弹曳巨光,嘘嘘然掠空而过。予曰:'尔速走,余当沉河可报国。'勤务泣曰:'旅长为营长时,即相随,由东北而江南,凡五六年矣,忍去乎?死则同死耳。'予屡嘱不去,相持久之。忽闻汽车声,勤务登岸探视,则公路相去不远,适军长驰车至此,机件小损,停而修理。闻予卧水上,即令护从舁予登车,送至苏州。予遂不死,而能与君作今日之散步也。"予闻其言,感触良深。其所述之勤务,改职矣,犹不时探望旧长官,惜竟未能一晤之也。

吴后迁去,不复再晤。犹忆彼言及张学良时,始终称副司令而不名,予虽诧异,亦未便询之。相传,军人有服从习惯性,其信然欤?

对照情境

　　冬至矣，乃苦念北平。未至北平者，辄以北平之寒可怕。未知北平之寒，亦大有可爱处。试想四合院中，庭树杈丫，略有微影。积雪铺地，深可尺许。平常人家，北房窗户，玻璃窗板，宽均数尺，擦抹使无纤尘。当此之时，雪反射清光入室，柔和洞明。而室中火炉狂燃，暖如季春。案几之间，或置盆景数事，生趣盎然。虽着薄棉，亦无寒意。隔窗看户外一片银装玉琢，心地便觉平坦舒适。若得小斋，稍事布置，俗所谓窗明几净者，惟能于此际求之耳。

　　自然，雪非人人可赏者。冷眼旁观，则此项舒适反映，亦北平最烈。当满城风雪，街道入荒凉世界时，街旁羊肉火锅馆，正生意鼎盛。富家儿身拥重裘，乘御寒轿车，碾街上积雪作浪花飞，驰至门首。掀棉门帘而入，则百十具铜火锅，成排罗列店堂中，炭烟蒸汽，团结半空，堂中闷热不可当，亟卸皮裘，挽艳装少妇而趋入雅座。此等店门悉以玻璃为之，内外透视。则有婆人子身披败絮，肩上加以粗麻米袋，瑟缩门下，隔玻璃内窥，冀得半碗残汁。而雪花飞粘其枯发上冻结不化，银饰星缀。视其面，则紫而且乌，清涕自鼻中陆续渗出。同为人子，一门之隔，悬殊若是。然记得当年，固无人稍稍注意也。

虽然，此并不足为北平病，天下何处不如此。草此文十分钟前，见溪上小路，一滑竿抬过。抬前杠者，为一老人，鸠形鹄面，须蓬蓬如乱草，汗流如雨，气喘吁吁。而坐竿上者则西装壮汉，方闲眺野趣，口作微歌。此与北平羊肉馆前小景，又相较如何乎？

冬 晴

　　宿雾渐收，朝暾初出，对山白云暖暖，杂鸡子黄色。渡涸溪回顾吾庐，屋草重湿如洗，檐头白粉数片，似镌银花缀之，知昨夜霜矣。凝神小立，呼吸平和，则有热气二股，徐徐自鼻孔出。虽拂面微风，深带冷意，而环顾群山作黄赭色，罩以淡烟，小柏孤松，青影团团。面前瘦竹一丛，枝叶纷披，独作浓翠。景色冲澹，冬意毕现。在川东甚鲜冬味，浓雾终日，冬晴尤不易得。以此等情调言之，绝似江南小阳春十月，久别故乡，俯首微思，令人恨不胁生两翼矣。

　　无何，日上山头，檐下金黄朗澈，邻人争率儿童，移椅坐日光下曝背。有手捧碗箸，坐而红苔饭者，热气腾腾，自碗中上达空际，人在下风，若嗅微芳。而窃窥碗上堆苔，珊瑚之皮，中裹黄玉，亦甚可爱。食者为西邻之贫媪，着破袄，举蜡皮枯手，以箸夹苔大嚼，又似其味不恶。老饕之嗜，以色香味称，此岂不足称乎？而环境之配合，更有画意也。

　　"隔篱黄犬吠生客，曝背老人弄幼孙。"虽对偶颇觉不伦，情境实亦逼真。当山村静寂，阳光和暖，破竹篱前，苍髯叟拥败絮坐枯草堆上，二三小儿，环绕膝前，小犬蜷卧地下，时摇其尾，则宛然上诗之意境矣。久不得光明，一旦有之，犬且求温暖其中，而况人乎？冬日真可爱也。

跳　棋

　　吾于博弈竞赛事，悉病未能，偶或强之，辄不终局。唯舶来品跳棋，间可作二三盘。十余年前，内子归我，如小乔之初嫁，所谓其乐甚于画眉者，闺中亦不能平靖无事，因之予乃劝之读唐诗，作花卉写意，并习赵柳楷字。初一二课或亦感生兴趣，三日以上，即百呼不理矣。及予示之跳棋，则甚喜。北平冬夜，室外朔风虎吼，雪花如掌。而室中则电炬通明，炉火生春，垂帘对坐，盆梅吐艳。围炉小坐，剖柑闲谈，遂亦不思他乐。坐久人倦，乃对案下跳棋。相约予负则明日为东道，陪之观剧，胜则彼亲自下厨调鲜同膳。而十局之战，予必负七八，故彼极乐为此。棋本由予授之，未解彼何以胜我？吾侪患难相共已半生，犹引为笑谈也。

　　近渝市美术社，忽有跳棋出售。盘既易板为纸，棋亦具体而微。顾既觏之，十五年旧事，兜上心来，遂购归示内子曰："犹忆当年玩此物乎？"彼微叹曰："璧犹是也，马齿加长矣。"予闻之而兴沮，嗒然无语。是夜，山中微雨，寒风绕室。壶中茗冷，案上灯青。予架镜于鼻，就昏黄光影，疾书小说稿，笔在纸上如春蚕食叶。内子在旁，共灯为小儿补结旧绳衣，各各默然。窗外万籁无声，洞黑如漆，风吹竹动，遥闻犬吠。予停笔昂首，

跳 棋

乃作长喟。彼即起夺予纸笔曰："尚不思睡,曷温跳棋乎?"予笑曰："余子何堪共话,只君方是解人。"乃即移灯布棋,共下三局,而时转势移,三局皆予胜而彼负。予笑曰："果予术有进步乎?抑君之心未在是也?"彼遽起挑灯曰："日间忘购茶油,恐不足长继。熄灯睡休,留余油半夜燃之,为小儿把溺也。"予偶触其手,凉透如冰。因叹曰："树犹如此,人何以堪?"是夜,予梦北平,且三醒而三梦之。

建文峰

　　窗外为建文峰之外峦，名胜本若羹墙之对。顾所居长谷过深，外景尽为此峦所掩，峰虽高，亦不能入吾窗也。欲与峰晤，必攀登屋后山麓三四丈，于对山一垭口朝见之。峰在排山上，兀然锥立，状似埃及金字塔。其北无峰，山迤逦下饮虎啸泉。其南数峰紧逐，若受此峰之领导，曳尾在白云深处。附近山多废于樵薪，童然相向，而此峰林木葱茏，饰其山如绿堆，乃愈觉可爱。天高日晶，峰独映蔚蓝之天幕，率群峦虎视高空。而阴雨之时，白云时锁峰腰，露其顶如浮岛，尤婉约绝伦也。

　　吾识峰久，颇欲登其巅而访之。然道险而乏游伴，五年仅两至而已。造外峦毕，有平谷一线，与主峰为界。于群松簇拥中，得一线坡道，俯身曲折而登山，坡以外，丰草没膝，渺无人影。时至暮春，杜鹃花如千百丛野火，盛开草丛与松林中。登其巅，有坦地方可六七丈，中央置石台一座，阶级宛然，即废庙遗址，相传明建文帝驻锡处也。峰巅以游者少至，苍苔遍地，旁有石井，泉亦为苔浸作绿色。而藤蔓环绕松枝上，且下垂如流苏，时拂人首。松虽非极古，高亦四五丈，参差而笼罩北巅。杜鹃花有高至丈许者，群红压枝，于松阴中临崖作半谢状，境至幽寂。然北望丘陵万叠，俯伏烟雾中，长江一线，隐约如匹练，令人有登泰山而小天下之感。时则长风忽起，拂松作海啸声。建文当年小住，恐亦难息其犹蓬之心也。

禾雀与草人

风檐读报,偶作长叹,邻人怪其苦闷,问有恶消息耶?笑曰:"否!读轴心巨憝演词不耐耳。"邻因与闲谈,各发慨叹,予乃举一小故事以解嘲。

鸟中有禾雀者,喜食方熟稻粒。当江南八月时,木叶微脱,新谷便黄,长穗垂垂,浆凝成粒矣。于是禾雀千百成群,翩然集于田中,且噪且食,陶陶然度其黄金时代。人来相逐,哄然飞去,人去,彼又如降落伞兵之骤至。田夫苦之,而无可如何。有黠者束草为人以惧之,草人戴草笠,覆短衣,手持长棍,宛然一农夫也。又以其不能人立,乃以钓鱼竿插田陌上,系草人于纶钩。草人之下,更坠以二石。禾雀见之,果以为人在,卒不敢来。儿时初入农村,见之大笑,以为徒事皮毛之燕雀,终属易欺。但草人下坠以二石,则未解其意。时齿稚好弄,遂为代去二石。既而西风吹来,草人自动。衣翻草出,真相毕露。有禾雀过,遥集而睨之,良久,若觉草人之伪,则有一部分稍稍下田中。又少顷,来者料已无患,坦然就食。未来者亦遂纷集,而草人恐吓之作用,乃完全失效。至此,吾始知于草人下之坠以二石,盖不欲其飘动无据,以真相示人耳。自后,吾村之草人,遂不复可恃。有时禾雀集于草人之身,格磔争鸣,鸟矢纷下,若群相戏侮草人也者。

斑鸠之猎取

斑鸠，野鸽也。其羽灰色，为状不美。鸣作咕咕之音，亦无可听。然江南人士养之者，善自喂饲，恒及数年。此非爱好逾恒，盖以鸠能为主人引致同类，以资烹割也。大凡养鸠者，捕得一头，即以竹笼囚之。笼外覆绿叶，不令其稍见天日。但水谷之需，则如所好。鸠噤若寒蝉，蜷伏而已。逾数月，鸠与人渐昵近，饮食如常，于是去笼上绿叶悬之树间，鸠目前忽然开朗，重睹宇宙自然之美，不禁引吭而鸣，主人闻而乐之，自祝所谋成功矣。此时不以旧笼居鸠，而更置于打笼中。打笼者，分一笼而为二重。其一，如常制，鸠居之；其一，则敞开，以铁圈卷网于其上，网下有一机关，稍触则网落，盖陷阱也。

春夏之交，绿云连野。主人携笼行郊外，侧耳而听。闻树林间有斑鸠相呼者，即以打笼遥遥另悬一树上，使驯鸠亦闻声而呼。鸠故好斗，树中之鸠闻笼中驯鸠之呼声，以为骂己也，则飞来扑之。渐呼渐近，卒飞至打笼外层，及蹈机关，而身遂入网罗矣。善引鸠者，一日之间，可引三四头。鸠肉肥美，驯鸠尽一日之力，定供其主人一饱之所需。虽曰同类相残，然驯鸠实无所知。此法，与印度人之以象猎象法，甚属相似。然驯象引野象来，野象来不至死。而驯鸠引野鸠，则朝诱之于林野之间，暮置之鼎镬之内矣。涪州友人，冬季享以野味，其间有腌鸠，食之，辄思此事。因念人类遂其嗜欲，何所不用其极。怨人，毋宁怨上帝予人以智慧。

忆车水人

扬子江上有三个半火炉,为南昌、汉口、重庆。南京则半个也。当炎暑达华氏百度上时,此间富贵人士,颇思北戴河、青岛、牯岭,不得已而思其次,则为在京、沪冷气间看电影。予畏暑如人,不免有思,然思与富贵人大异,思吾乡车水之农人。

吾乡居皖中,无井,以池塘储水。五六月之间,旱。农人乃架水车于塘沿,汲塘中水以灌田。水车有大小,小者长一二丈,以木格夹隔板于中,俗呼之为龙。龙头有两铁钮,各套一木拐。拐动扭转,节节引水上,此手车也。力巨者,一人可任之。大者龙长四五丈,木板以五六百节计,龙头支无沿之轮四或三。轮滚上有脚踏,人踏之而轮转车动。人不能凭空而立,则有一木架,作栏杆状,农人扶而立之,以足车水。

日之午,骄阳蒸发田中之水上升,热不可当。禾稻虽生水中,犹炎烧作青草味。村中大树叶,均萎靡下垂。狗卧树阴下,吐其长舌,水牛匿泥坑中,微露其首。车水之农人,则赤背跣足,腰围蓝短裤,车水不已。架上或支布棚,或不支,然支棚亦仅蔽日于当顶时。故皮肤焦黑,转作红色。胸前汗如蚕豆大,若巨霖之下滚。天愈热,需水愈急。俯视足下水,从龙口滚滚而出,则作哟呵之声以呼风。然风辄不至,人乃误农人为欢呼也。

车水工作，须半夜起，日入而止。农人立转动之车轮上，凡十余小时。家近者，可归餐。否则有妇人或童子，以竹篮送饭至树阴，呼而食之。食饭外，唯农人藉抽旱烟，得小歇。附近或无树阴，即坐水滨烈日中，于腰间拔旱烟袋出，将田岸上所置燃火之蒿草绳，就烟斗吸之。偶视同伴，尚作一二闺闼谑语，以自解嘲。盖除此外，亦无以调剂苦闷与枯燥也。试思，此味与坐重庆洋房中，开电扇饮冰水意境如何？